Je leur dirai que j'ai rêvé

Stéphanie Lambert-Mesguich

Illustrations : Albane Ployart

Je leur dirai que j'ai rêvé

Nouvelles

LE LYS BLEU
ÉDITIONS

ISBN : 979-10-377-3515-7

Note de l'auteure

Au travers de ces cinq nouvelles, j'ai souhaité partager une vision de notre monde contemporain. Les histoires sont des tranches de vie qui se déroulent dans des lieux qui me sont chers, qui me ressourcent et qui m'inspirent.

Les nouvelles peuvent être lues dans l'ordre que vous déciderez. Toutefois, les découvrir telles que présentées dans ce recueil vous permettra, je l'espère, de reconstituer les pièces d'un puzzle et de comprendre le chemin suivi par l'héroïne.

Si mon vécu et mon goût pour l'observation furent mes meilleures sources d'inspiration, il s'agit bien d'une œuvre de fiction. Les personnages ainsi que les situations sont purement fictifs. Néanmoins, si vous parvenez à vous projeter, que ce soit dans leurs questionnements, leurs cheminements, leurs épreuves, j'en serai comblée : j'aurai alors peut-être réussi à dépeindre, à travers la fiction, des petits bouts de vérité sur notre société, avec les individus, les préoccupations, les dérives aussi, qui la caractérisent.

COLLEGE

Nouvelle donne

« Julie le singe, Julie la guenon ! » Ces moqueries cyniques et sournoises étaient devenues le lot quotidien de Julie Singer. Bien que douloureuses et humiliantes, l'adolescente s'était presque habituée à ces flèches dans le cœur. Depuis la fin de la maternelle, elle endossait son statut de souffre-douleur dès les jours qui suivaient chaque rentrée des classes. Elle encaissait coups bas, insultes, humiliations. Mais à chaque fois, elle se relevait. De plus en plus difficilement, mais elle se relevait.

***

Tous les matins, Julie prenait le bus pour se rendre au collège. Un garçon était là, parmi les autres passagers, avec un regard à la fois sérieux, doux et rêveur, qui lui inspirait la confiance. Si elle le voyait presque chaque jour, elle était persuadée que lui ne l'avait jamais remarquée : elle se sentait, comparée aux autres, juste banale, sans intérêt, insignifiante, peut-être même transparente. Le jeune homme semblait plus âgé qu'elle et devait être au lycée, supposait-elle. Pas question donc de l'aborder. Juste l'observer, imaginer qui il pouvait être, quels étaient ses goûts musicaux, ses envies, ses aspirations, ses domaines de prédilection, ses relations avec les filles, son nom aussi. Elle se contentait de le regarder, se faire des idées, des films, peut-être même inventer des histoires à défaut de les vivre.

Une fois descendue à l'arrêt de bus, quelques rues plus loin, l'épreuve de la cour l'attendait : le passage de l'autre côté du portail du collège annonçait l'entrée dans l'arène. À partir de ce moment, elle n'était pas dupe du sort qui l'attendait : la Loi de la Jungle reprenait ses droits.

— Chuuut ! Un peu de silence, dit le professeur. Continue Patricia, s'il te plaît.

Patricia reprit sa mission avec sérieux, ouvrait les bulletins de vote un à un, clamait le nom inscrit à haute voix ; un autre volontaire, depuis l'estrade, ajoutait un bâton au tableau à côté du nom du candidat à ces élections de délégués de classe.

Deux élèves caracolaient en tête, loin devant les autres : Patricia justement, déjà très populaire seulement quelques jours après la rentrée au collège, probablement grâce à sa facilité à aller vers les autres, son apparence flatteuse et ses performances en sport ; Philippe serait certainement le second élu. En digne beau gosse de la classe. Toutes les filles n'attendaient qu'une chose : une attention, voire, mieux encore, une bise de Philippe. L'accès à un rang de popularité particulièrement envié serait ainsi presque assuré.

Julie, elle, n'avait pour le moment qu'une petite voix. La sienne probablement.

Elle espérait tellement, à défaut d'être élue, obtenir juste un semblant de reconnaissance, et ainsi amoindrir l'humiliation qui l'attendait : se présenter aux élections, c'était aussi s'exposer, prendre le risque de dévoiler sa popularité ou son impopularité. Habituée à être délaissée, rejetée des autres, elle avait conscience que son intégration serait, comme toujours, difficile ; pourtant, elle l'avait pris, ce risque, car au plus profond d'elle-même, elle avait une intime conviction : un jour, la roue pourrait tourner.

Elle avait raison : un jour, la roue tournerait. Quand ? Elle ne pouvait le savoir. Mais ce ne pourrait être maintenant. Trop tard pour cette année. Les dés étaient jetés.

Il y avait désormais davantage de bulletins ouverts que de bulletins à découvrir. Trente élèves dans la classe, deux noms par vote car il fallait deux délégués.

— Patricia !

— Philippe !

— Philippe !

— Philippe !

— Patricia !

Malgré des espoirs qui s'amenuisaient à chaque nouvelle annonce, Julie bénéficiait d'une incroyable aptitude à garder la foi jusqu'au verdict final. Son esprit rêveur et son éternel optimisme étaient plus forts que la peur. Comme dans un match de tennis, jusqu'au dernier point, la situation pouvait s'inverser. Dans le fond, elle n'avait pas tort : une balle de match contre soi constituait aussi une chance offerte de pouvoir changer le cours des choses, et, peut-être, de remporter la victoire. Aussi, elle rêvait secrètement à un deus ex machina, comme dans les films de cinéma, qui, un jour peut-être, lui offrirait soudainement une position plus confortable au sein de la classe. Comme une main providentielle qui ramènerait un Indiana Jones au bord du précipice sur la terre ferme. Comme un mal soudain qui viendrait éliminer l'envahisseur dans « La Guerre des Mondes », au moment où tout espoir semble réduit à néant.

— Julie ! annonça Patricia en ouvrant le bulletin suivant, avec un sourire mesquin qui n'échappa pas au professeur.

Une lueur d'espoir envahit à ce moment précis le cœur de la jeune fille qui, déjà, se demandait qui, parmi les élèves de sa classe, l'envisageait comme déléguée de classe. Il pourrait devenir son ami.

Depuis la rentrée, elle aurait tout donné pour avoir ne serait-ce qu'un ami ou une amie ; pour ne plus être seule dans la cour, ne plus se sentir de trop dans les groupes déjà formés lorsqu'elle arrivait au collège. Tous l'épiaient de loin d'un air moqueur, scrutant sa tenue vestimentaire, sa démarche mal assurée à cause de sa grande taille et sa maigreur avant de l'ignorer totalement lorsqu'elle s'approchait d'eux. Il fallait idéalement affronter l'épreuve de la cour juste avant la sonnerie pour éviter ce supplice : le meilleur moyen pour se joindre au troupeau sans attirer l'attention.

— Qu'est-ce qu'il y a, Patricia ? Qu'est-ce qu'il y a de si drôle ? demanda le professeur.

Lorsqu'il s'approcha pour découvrir le contenu du bulletin de vote, sa colère était perceptible depuis le dernier rang de la classe.

— Qui a écrit ça ? lança-t-il d'un ton ferme et sévère.

De loin, les élèves de la classe ne pouvaient lire ce qui était inscrit : « Julie Singer, ou plutôt Julie Le Singe », complété d'un dessin grossier d'animal sensé ressembler à un singe.

— Ce bulletin est nul, comme vous le savez c'est non conforme aux règles d'un vote. Que celui qui a produit ce bulletin vienne me voir en fin de cours !

Dépitée, Julie comprenait qu'à l'instar des années passées, son entrée au collège serait compliquée. Déjà, elle devait renoncer à l'idée d'être simplement intégrée, et trouver des stratagèmes pour ne pas devenir la cible trop aisée des élèves de sa classe. Quand bien même l'idée de ne pas être aimée des autres faisait désormais partie de ses habitudes, l'absence de son amie Laure, inscrite dans un autre collège, l'affectait douloureusement. Elle se retrouvait sans alliée.

Après les premiers jours de rentrée des classes et un certain répit, elle redoutait le moment où la situation allait tourner à sa défaveur. À courte échéance, inéluctablement. La distribution des cartes, pour cette année, ne lui était pas favorable. Telle la Dame de Pique, le pire cauchemar de Julie durant l'école primaire, Christine faisait partie du jeu. Mauvaise donne.

Pour éviter l'enfer, elle priait silencieusement pour que cette dernière ne sympathise surtout pas avec Patricia. Cela reviendrait à un pacte entre la peste et le choléra.

Dans la cour de récréation, après l'épisode sans pitié de ces élections, elle avançait seule vers Patricia avec l'intention sincère de féliciter la déléguée fraîchement élue. Cette dernière était déjà bien entourée : comme des mouches sur un pot de miel, nombre d'élèves s'agglutinaient déjà autour d'elle, dans l'espoir de devenir amis avec une des figures les plus appréciées de toutes les classes de sixièmes réunies.

À distance, Julie devinait la malveillance de Christine dont les yeux semblaient lui cracher un venin mortel. Trop tard pour rebrousser chemin. Son ennemie jurée la scrutait de la tête aux pieds en ricanant.

— Ah ah ah ! Tiens ! Regardez qui voilà. Singer le singe ! Ou plutôt la guenon, c'est comme ça qu'on dit pour la femelle ? Ça va la guenon ? Tu te représentes l'année prochaine ? Regarde-toi ma pauvre ! Tu croyais quand même pas qu'on allait voter pour toi !

Elle lui tapa dans le dos avant de poser sa main sur son épaule.

— Allez, je déconne Singer ! Tiens, on a sport cet après-midi, si tu veux je te prends dans mon équipe, OK ? Vous savez, les filles, Singer a des talents cachés… Vous allez voir tout à l'heure, au basket !

Julie n'était pas stupide et ne se faisait aucune illusion : l'unique intention de Christine était de la ridiculiser, car elle détestait les sports de ballons et était nulle au basket. Mais accepter cette proposition lui permettait d'esquiver une autre humiliation, celle de se retrouver toute seule au sport car il fallait composer deux équipes et le nombre d'élèves de la classe était impair. En cela, les nombres impairs représentaient quelque chose de discriminant. Supporter la honte d'être la seule que personne ne voulait dans son équipe était sa hantise.

***

Christine et Julie se connaissaient déjà avant le collège, pendant les dernières années d'école primaire. Elles s'étaient rencontrées durant les cours de basket animés par madame Jacquemin, les mercredis après-midi. Julie n'avait eu d'autre choix que de s'y rendre après les sollicitations insistantes de sa grand-mère pour pratiquer un sport d'équipe. Cette dernière, qu'elle appelait « Mina[1] », faisait de son mieux pour l'éduquer, après le grand malheur qui les frappa. La petite avait juste six ans quand ses parents furent brutalement arrachés à la vie dans un accident de voiture.

Julie adorait sa grand-mère, même si elle la trouvait parfois un peu sévère et en décalage avec son époque. Elle donnait tout

[1] Mina : « Grand-mère » en Corse.

ce qu'elle pouvait pour lui témoigner sa reconnaissance. À reculons, elle se rendait au gymnase chaque mercredi. Peu à l'aise avec le ballon, mal positionnée sur le terrain, pataude dans sa course, sa place était davantage sur le banc de touche que sur le terrain. Elle ne comprenait ni les règles ni l'intérêt de ce sport. Se passer un ballon pour marquer des points en visant un filet tenu par un cercle métallique n'était pour elle ni ludique ni palpitant.

— Attention Singer, sors de la raquette ! Trois secondes, pas plus ! Allez, sors ! Mais qu'elle est bête celle-là ! Mercredi prochain, s'il te plaît, reste chez toi ! criait madame Jacquemin.

— Singer, attrape ! renchérit Christine en lui faisant une passe qui ressemblait plus à un boulet de canon et qui l'obligea à s'écarter pour esquiver l'arme fatale.

La matière granuleuse du ballon de basket, le son des dribles, l'odeur du plastique qui envahissait le vieux gymnase poussiéreux et les cris hystériques de madame Jacquemin, revenaient la nuit, en cauchemar.

Madame Jacquemin était une petite femme trapue, aux épaules tombantes, à l'embonpoint mal camouflé. Pour couronner le tout, son visage disgracieux était couvert de petites veines violettes apparentes autour du nez et du menton. Le survêtement qu'elle portait était le seul indice de sa fonction de professeur de sport, en décalage complet avec une posture qui n'avait rien de sportif. Manque de chance, elle assurait les cours de sport dans l'école de Julie, et les cours de basket au gymnase le mercredi après-midi. Dès le démarrage du cours, elle abusait du pouvoir éphémère que lui conférait sa fonction : elle avait rendu obligatoire le port du short, quelles que soient les conditions extérieures. Tout manquement serait sanctionné par l'obligation de participer au cours en slip et t-shirt.

Le short était un problème pour Julie : sa grande taille, ses os saillants, ses longues jambes non épilées, sa « peau-blanche-comme-un-cachet-d'aspirine », selon les dires sournois de ses camarades de classe, lui donnaient un physique peu avantageux dont elle ne savait que faire. Elle aurait donné n'importe quoi pour avoir les jambes musclées et les mollets galbés de Fabienne. Plutôt jolie, bien proportionnée selon des standards dictés par une société prônant les normes en tous genres, cette dernière n'avait pas le moindre poil disgracieux sur des jambes halées même en hiver.

Madame Jacquemin prenait un malin plaisir à encenser les meilleurs élèves de sa discipline, et à dénigrer les autres. Tandis que ses favoris étaient appelés par leur prénom, auquel s'ajoutait parfois une qualification affectueuse comme « ma petite Fabienne » ou encore « Sophie ma championne », les moins aimés étaient désignés par leur nom de famille.

— Durand, tu vas te bouger un peu les fesses ? Non mais regardez-moi ça ! Quelle catastrophe celui-là !

— Singer, mais que tu es molle ! Et maladroite en plus ! T'as peur du ballon ou quoi ? On n'arrivera jamais à rien avec celle-là !

La prononciation du nom de famille de Julie Singer suscitait des rires moqueurs. Madame Jacquemin le prononçait à la française, exprès, alors que la bonne prononciation était à l'anglaise – bien qu'il s'agisse d'un nom juif.

Dans ce tableau peu engageant, Julie avait heureusement une alliée, la fidèle Laure. À chaque récréation, elles se retrouvaient et, parfois, se voyaient en dehors de l'école. Une belle réciprocité alimentait l'admiration que l'une témoignait à l'autre : modèle de courage, d'intelligence, de bienveillance, ainsi, Laure voyait son amie. Julie, de son côté, considérait Laure comme l'incarnation même de la gentillesse, de la confiance en soi et le pilier sur lequel elle pourrait toujours compter.

Discrètement, elles se moquaient de madame Jacquemin et l'imaginaient en posture délicate sur la poutre, en difficulté pendue à la barre fixe, ou encore à bout de souffle après trois minutes d'endurance.

— Elle mérite bien ça cette vieille peau, avouèrent-elles dans l'escalier qui menait à la cour de récréation.

— Non mais ça va pas de parler comme ça ? Je vais tout lui répéter ! hurla Fabienne qui venait de surprendre la conversation.

— De quoi tu t'occupes, toi ? Mêle-toi donc de tes affaires, on ne t'a rien demandé ! rétorqua Laure, sûre d'elle, clouant le bec à cette peste qui se retourna vers Julie, la fusillant du regard.

— Et toi Singer, tu ne dis rien ? Normal, t'as jamais rien à dire ! Pauvre fille ! Tu vas le payer !

Fabienne, sur ces mots, la poussa violemment dans l'escalier. Julie fit un vol plané et sauta au moins six marches. La directrice de l'école, qui se trouvait en bas, l'aida à se relever mais n'avait rien vu de la scène initiale. Choquée, elle s'aperçut assez vite qu'elle ne pouvait plus bouger le bras gauche et fut conduite à l'hôpital. Le bras était cassé, il fallut plâtrer un mois.

— T'inquiète, Mina, ça va aller. C'est le bras gauche, je vais pouvoir continuer à prendre les cours pour bien travailler.

Le soulagement engendré par la dispense de sport qui se profilait l'emportait sur les désagréments que Julie allait subir au quotidien à cause de son bras cassé. Plus de lancers de ballon en direction de ses lunettes, plus de vestiaires, plus de short, plus la voix criarde de madame Jacquemin, pendant au moins deux mois grâce au temps de rééducation.

— Ma petite chérie, raconte-moi, que s'est-il passé ? Ton amie Laure m'a dit qu'on t'avait poussée. C'est vrai ? demanda Mina.

La gorge de Julie se serra, sa respiration se bloqua. Elle ne parvenait plus à prononcer un mot et baissa les yeux de manière réflexe. « Détourner le regard pour esquiver, puisqu'il est impossible de disparaître », pensait-elle.

— Qui t'a fait ça ? Dis-moi !

— Je sais pas…

— S'il te plaît, dis-moi. Tu dois bien savoir, quand même !

Julie hésita un instant, envahie par des sentiments de colère et de honte mêlés.

— Fabienne, je crois. Mais ne dis rien, Mina. Elle n'a pas dû faire exprès.

— Fabienne ? La fille de la boulangère ? C'est bien ça ? Je vais aller voir sa mère, tu vas voir !

— Non ! Non, Mina, je t'en supplie…

Julie ne put éviter ce qu'elle craignait depuis le début. Mina se rendit chez la mère de Fabienne. L'entrevue fut cordiale, et pour cause : Mina découvrit une femme sincèrement désemparée, désolée des agissements de sa fille, meurtrie et désespérée à cause de graves problèmes personnels. Julie, qui craignait au départ des représailles de Fabienne, avait, après réflexion, porté quelques espoirs dans l'intervention de sa grand-mère. Celle-ci fut malheureusement vaine.

— Julie, laisse tomber pour Fabienne. J'ai parlé à sa mère. Elles vivent une période difficile. Je ne suis pas certaine que la petite se rende bien compte de ce qu'elle fait. En revanche, il faudrait que tu apprennes à te défendre ! Ne te laisse pas faire ! Tu comprends ?

— Oui, Mina, répondit juste Julie, tellement déçue de comprendre à quel point cette peste profitait d'une situation qui la rendait quasi-intouchable pour manipuler son petit monde.

Toutefois, Fabienne, consciente d'avoir franchi la ligne blanche, se montra discrète et laissa Julie tranquille durant les semaines qui suivirent l'incident. Julie, quant à elle, réalisa qu'elle aussi bénéficiait parfois d'un traitement de faveur de la part des enseignants – sauf madame Jacquemin –, en raison de sa situation particulière. Mais parmi les élèves, seule Laure savait qu'elle n'avait plus de parents. Elle n'en parlait jamais. Pour ne susciter ni pitié ni traitement de faveur. Surtout pas. Les années qui allaient suivre seraient marquées, comme les précédentes, par l'allégeance. Se faire petite malgré sa taille, raser les murs, et grandir malgré tout, tel était le programme de bon nombre d'adolescentes en mal d'affection. Exister, aimer, se faire aimer n'était pas si facilement accessible.

***

En sixième, Julie se démarquait. Brillante élève, ses excellents résultats lui procuraient la reconnaissance de ses professeurs, la fierté de sa grand-mère et une satisfaction personnelle. Mais ils attisaient aussi la jalousie de certains élèves. Philippe, le délégué de classe « beau-gosse-mais-fainéant » qui, parfois, séchait les cours, était de ceux-là. Il avait trouvé le parfait bouc émissaire.

Pour rattraper les cours manqués et assurer une note correcte au contrôle à venir, il eut un jour l'idée de demander à Julie de lui prêter les siens. Trop heureuse d'exister dans le regard du beau gosse, elle accepta sans hésiter une seconde. Or celui-ci avait bien caché son jeu. Il n'avait aucunement l'intention de lui rendre ses cours. Le piège était bien ficelé. La crédulité de son souffre-douleur l'autoriserait à sécher les cours pour consacrer son temps à des choses bien plus intéressantes : frimer, draguer les filles, traîner au bar du quartier, fumer en cachette. Elle lui procurerait un sentiment de toute-puissance, car lui aurait de bons résultats, contrairement à elle qui se planterait lourdement puisqu'elle n'aurait plus de support pour réviser. Et comme elle n'avait pas d'ami, personne ne pourrait lui prêter. Une sombre manipulation jubilatoire à observer pour ceux qui tirent les ficelles.

Conscient de la vulnérabilité de sa victime, il usait et abusait de sa popularité. Il pouvait désormais se vanter d'être suffisamment intelligent pour sécher les cours, vivre en dilettante et obtenir de bons résultats. Sans scrupules, il avait trahi la confiance que la jeune fille lui avait témoignée. Il était aussi parvenu à lui confisquer toute son énergie pour se défendre ou exprimer sa colère. Cet épisode affecta Julie bien plus profondément que sa première mauvaise note, faute d'avoir pu réviser avant le contrôle. Le risque lié à la perte d'estime de son professeur et de sa grand-mère était douloureux. Mais ce que Philippe venait de lui faire endurer était pire : c'était cruel.

Christine, qui n'avait pas manqué une miette de la croustillante situation, monta d'un cran. Elle demanda à Philippe de lui prêter les cours « empruntés ». Et lors d'une interrogation écrite en classe, alors qu'elle se trouvait sur la table juste derrière Julie, elle jeta les feuilles en sa direction.

— Tiens la guenon, tu vois bien qu'il te les avait « empruntés » ! On te les rend, tes cours pourris avec ton écriture de première de la classe !

Le fracas attira l'attention du professeur. Julie fut punie et collée pour triche, sans nier les faits. Entre la honte de la situation et le risque de représailles, elle avait choisi la première option.

Vis-à-vis de Mina, l'alternative n'était guère plus réjouissante : ressentir une nouvelle fois un douloureux sentiment de faiblesse, d'incapacité à se défendre et à récupérer son cours, ou bien la décevoir en formulant des aveux pour un acte qu'elle n'avait pas commis. Lasse des humiliations, elle opta pour le mensonge et avoua à contrecœur avoir triché. Elle s'excusa auprès de sa grand-mère. Mais, aussi, elle se jura qu'elle n'oublierait jamais cet épisode. La pire des injustices, elle venait de la vivre : être accusée à tort. Lorsqu'elle serait adulte, elle se promit qu'elle s'engagerait à lutter contre l'injustice, sous toutes ses formes. Telle serait son ambition. Que justice soit faite.

À ce stade, la jeune fille n'attendait qu'une seule chose : les vacances scolaires, un peu de répit.

Mina l'autorisa, après quelques hésitations au regard des récents événements, à voir Laure quelques fois pendant les vacances. Elle retrouvait enfin joie de vivre et sourire. Elle n'avait peut-être qu'une seule amie, mais Laure valait toutes celles de la terre.

La grand-mère accorda aussi à sa petite fille, cinéphile passionnée, de veiller un peu tard lorsqu'un bon film était programmé. Un soir, toutes deux s'installèrent dans l'obscurité. Julie se sentit happée dès les premières secondes : un petit garçon se trouvait abandonné par sa mère dans un manège, avec un mot glissé dans sa poche intérieure qui annonçait que sa maman ne pouvait s'occuper de lui. Un incroyable destin allait pourtant lui tendre la main, fruit de l'alchimie de magnifiques rencontres et de la mise en œuvre de talents et aptitudes exceptionnels. Une fois dans son lit, les pensées de Julie divaguaient. Elle s'imaginait, tout comme Sam Lion, héros du film[1], vivre une vie intense et exceptionnelle. Elle se projetait, comme lui, dans quelques années, à la tête d'une entreprise florissante. Là, elle se trouverait face à Christine, ou même Patricia, qui l'imploreraient de l'embaucher. Elle imaginait cette scène :

— *Asseyez-vous ! leur ordonnerait-elle.*

Julie resterait debout, les bras sur la taille, en attente d'arguments de la part de ses candidates.

— *Je vous écoute.*

— *On veut se racheter. On regrette ce qu'on a fait. On te donnera tout, on sera là tôt le matin et on partira tard le soir. On travaillera comme des dingues, répondrait Patricia.*

— *Alors si je comprends bien : La Julie du collège que personne n'aime, on lui met la tête sous l'eau, la Julie chef d'entreprise, on la veut dans sa poche ! N'est-ce pas Patricia ? ironiserait Julie.*

— *Moi j'ai pas de diplôme, plus d'argent, il faut vraiment que j'obtienne ce travail, dirait Christine.*

— *Christine, je ne crois pas t'avoir donné la parole. Écoutez-moi bien, toutes les deux ! Vous me faites pitié et dans le fond je ne vous en veux même pas ! Vous êtes telles que je vous ai toujours considérées : opportunistes, stupides et incapables ! Vos flatteries ne servent à rien : si vous voulez que je vous embauche, passez d'abord les tests. Vous verrez cela*

[1] « Itinéraire d'un enfant gâté », Claude Lelouch

avec mon assistant. Moi, j'ai d'autres choses à faire bien plus importantes. Assez perdu de temps ! Sortez maintenant !

Julie s'endormit ce soir-là avec des rêves pleins les yeux.

***

— Singer, passe-moi ton cours d'histoire ! demanda Christine.

Julie fut parcourue d'un violent frisson et feignit de ne pas avoir entendu. Alors Christine, qui se trouvait juste derrière elle dans la classe, se mit à pousser sa chaise jusqu'à ce que son souffre-douleur, frêle et terrorisé, se trouve complètement coincé entre la chaise et la table. Elle avait de la force, cette brute.

— Qu'est-ce qui se passe encore ! cria le professeur. Julie, au tableau !

Alors qu'elle répondait parfaitement aux questions de sa professeur, Christine en profita pour attraper ses notes de cours à son insu.

— Rends-le-moi, s'il te plaît ! supplia Julie à la sortie du cours.

— « Rends-le-moi, s'il te plaît ! » Pauvre fille ! Alors, mets-toi à genou et supplie-moi encore ! Regardez, elle le ferait, je suis sûre ! Elle ferait tout pour plaire aux profs, la guenon !

Christine se tut quelques secondes, faisant mine de réfléchir.

— OK pour cette fois, je vais te les rendre, mais à une condition ! À partir de demain, à chaque fois que je sèche un cours, tu me passes le tien. Tu les prends si bien, reprit-elle d'un ton moqueur.

Julie se sentait prise dans un étau et n'eut pas d'autre choix que de céder au chantage de son bourreau. Pour éviter de se trouver dans la triste situation expérimentée avec Philippe, elle notait deux fois le cours sur des feuilles différentes et ainsi pouvait en conserver une version. Quelques crampes parcouraient sa main et son poignet mais son intention le lui faisait oublier. Christine comprit vite sa tactique au regard de ses excellents résultats scolaires.

— T'as pas compris, ma pauvre ! C'est pas tes cours que je veux ! Tout ce que je veux c'est que tu te plantes ! T'es qu'une polarde ! Tu me dégoûtes ! Y'en a marre de tes bonnes notes ! Alors si tu veux que je te fiche la paix, soit tu me donnes vraiment ton cours, soit tu te débrouilles pour te planter aux contrôles !

Julie acquiesça hypocritement, mais ne faisait que repousser une échéance, celle du prochain devoir surveillé, qui, heureusement, était prévu juste avant les vacances scolaires. La note serait donc connue relativement tardivement. Elle redoutait cette date comme s'il s'agissait d'une condamnation pour l'échafaud. Le jour J, Christine lui fit un clin d'œil comme pour lui signifier qu'elle comptait sur elle. Julie rendit un excellent travail, refusant d'obéir au chantage. Néanmoins, n'osant en imaginer les conséquences au retour des vacances scolaires, elle se trouvait envahie d'idées sombres, d'envies de disparaître, mais pas complètement… Elle pourrait tomber malade. Ou bien changer de classe. Pour cela, choisir Allemand en première langue à la place de l'Anglais. Elle se trouverait avec de bons élèves, comme elle – l'Allemand était souvent choisi pour ces raisons –. Elle réfléchissait aux tactiques possibles pour échapper à l'étau cruel de sa classe.

Pourtant, une force au fond du ventre la poussait à croire en la beauté du monde. Elle était bien incapable de savoir d'où elle provenait. Mais le résultat est qu'elle s'accrochait coûte que coûte à l'idée d'un avenir radieux où elle serait enfin elle-même, à sa place, respectée, vraie, aimée. Comme Jean-Paul Belmondo dans le rôle de Sam Lion, elle aussi avait droit à l'itinéraire d'une enfant gâtée.

Christine feignit l'indifférence lorsque les copies furent rendues, de manière à laisser de faux espoirs à Julie. Mais sa vengeance était bien calculée : elle s'allia à Patricia au cours de sport pour lui subtiliser ses vêtements au vestiaire du gymnase et l'empêcher de se rhabiller. Julie dut les récupérer dans la poubelle près des douches, passant ainsi devant toutes les filles à moitié nue. Christine et Patricia avaient pris soin de vider une canette de Coca-Cola et de déposer une peau de banane dans cette même poubelle.

— La guenon elle est poilue, regardez ça ! Et puis elle sent la banane, vous trouvez pas ? ricana Christine, avant de prendre Julie en aparté les yeux dans les yeux.

— J'espère que t'as compris maintenant. La prochaine fois, je te fous à poil, c'est clair ? À poil !

Julie ravala sa salive pour s'épargner l'humiliation que ses sanglots prêts à éclater lui auraient infligée. Pour mieux les retenir, elle ressassait ses pensées de l'autre soir, après le film. Un jour, elle saurait trouver la force et les mots justes faire taire ces deux vermines.

En cette fin de sixième, elle espérait aussi que les cartes soient rebattues à la prochaine rentrée, et que ce monstre de Christine ne soit plus dans sa classe, à défaut d'être renvoyée. Lors du dernier cours de l'année, la tradition voulait que les élèves s'échangent leurs carnets de correspondance, le temps d'écrire un petit mot à leurs camarades de classe avant une séparation a minima estivale. Elle aurait pu se passer de ceux qui furent écrits à son attention mais elle succomba au rituel :

À un sac d'os. T'es moche, tu sers à rien et t'as peur d'un pauvre ballon. David

À un squelette ambulant. PS : il faudra grossir. Diane

À une intello qui fait rougir le prof de maths mais qui est même pas capable de conclure. Faillote, suce-boules, t'es complètement bloquée, une pauvre fille. Thomas

À une fille moche mais sympa. Frédérique

Patricia et Christine se contentèrent de cracher à l'intérieur en fixant Julie droit dans les yeux, avant de lui jeter sur sa table.

L'été fut vécu comme une trêve. Sans encombre. Puis vint la rentrée. Classe de cinquième. Elle était à quelques élèves près de la même composition que l'année qui venait de s'écouler. Pas de nouvelle donne, toujours pas. D'entrée, le beau Philippe annonça la couleur, en aparté, après un cynique « Julie, faut que je te parle » qui jouait de la naïveté et des faux espoirs de l'adolescente :

— Alors, Singer, tu te présentes aux élections de délégués cette année ?

— Je ne sais pas… répondit Julie, partagée entre une mauvaise intuition et le souhait auquel elle restée attachée que ce garçon la considère enfin à sa juste valeur.

Il venait de l'appeler « Singer », cela n'était pas de bon augure pour elle. Elle demeura toutefois interrogative :

— Pourquoi ? Tu crois que je devrais ?

— Je crois pas, non ! répondit sournoisement Philippe. Le droit de vote des immigrés, ça te parle ? Eh bien moi je suis contre !

Julie lui adressa un regard d'incompréhension mais la haine ressentie dans le ton de Philippe lui donna un frisson d'effroi.

— T'es vraiment trop con ma pauvre ! Arrête de te cacher derrière ton nom prononcé à l'américaine ! T'es juive ! Singer c'est juif ! Alors tu te présentes pas, c'est clair ? Et sois heureuse de pouvoir voter, en fait tu devrais même pas !

— Mais je ne suis pas juive ! J'ai des origines, c'est tout !

— C'est ça… Pauvre fille ! Allez dégage, ça pue le Juif ici ! Et reste à ta place, je te préviens, c'est juste un conseil. Sinon j'ai des potes qui pourraient s'occuper de ton cas.

Sur ces paroles, Philippe chuta lourdement dans l'estime que Julie lui portait jusqu'alors, malgré l'épisode des cours prêtés qu'elle lui avait quasiment pardonné. Le beau gosse de la classe aux fausses allures de « bad boy » n'était qu'un pauvre adolescent raciste, méchant, animé par une haine sans fondement qui traduisait sa profonde stupidité et son ignorance. Désormais, au-delà du dégoût qu'il lui inspirait, c'est la peur qui l'envahissait : qui étaient ses « potes » qui pourraient « s'occuper de son cas » ? La menace était-elle réelle ou bien juste formulée dans un but de dissuasion ? Elle avait entendu parler de groupes plus ou moins racistes dans le collège, existaient-ils vraiment ? Commettaient-ils des actes répréhensibles ou bien n'étaient-ils que des gamins paumés et en quête d'identité qui cherchaient à se donner de l'importance en traçant des croix gammées sur leurs agendas scolaires ? Seule contre tous, elle opta pour la discrétion, et, vis-à-vis de Philippe, pour l'indifférence la plus totale. Hors de question de le dénoncer, elle craignait trop des représailles s'il mettait sa menace à exécution. Et surtout, pas un mot à Mina.

À l'image de son année de sixième, Julie suivait son chemin avec de piètres performances en sport mais d'excellents résultats dans toutes les autres matières. Cela lui procurait un réconfort bien appréciable, l'estime de ses professeurs ainsi que de sa grand-mère qui lui répétait que ses parents seraient très fiers de leur fille s'ils étaient encore de ce monde.

— Ma chérie, pourquoi ne portes-tu pas la montre que tes parents t'ont offerte quand tu étais petite ?

Lors d'un voyage d'affaires en Suisse, son père lui avait acheté une belle montre pour ses cinq ans. Son poignet était tellement fin qu'elle pourrait la porter encore longtemps. Elle y tenait comme à la prunelle de ses yeux. Avec ses parents, elle n'avait fêté que six anniversaires. Chaque cadeau, chaque attention représentait à ses yeux une valeur inestimable.

— Mina, j'ai peur de l'abîmer…

— Mais enfin, Julie, une montre c'est fait pour être porté, pas pour être rangé dans un tiroir ! Mets-la, au moins pour tes parents, en leur mémoire…

La jeune fille ne pouvait refuser. Elle espérait que l'hiver dure assez longtemps pour justifier des tenues à manches longues et camoufler ainsi la montre. Aussi, elle portait parfois un imperméable avec des poches suffisamment profondes pour la glisser à l'intérieur en toute sécurité. Sa hantise était de se la faire voler. Pourtant, elle seule connaissait la valeur de l'objet.

La bouffée d'oxygène de ce début de cinquième fut de courte durée. Christine et Patricia n'avaient pas l'intention d'en rester là.

— Singer, on va faire un deal, toutes les trois. On est d'accord sur le fait que tu veux qu'on te fiche la paix ? Alors ça se monnaye… Ton cours je m'en fiche. Tes notes par contre, ça m'énerve. Ça me rend dingue. Ça va pas avec l'ensemble, pas vrai Patricia ? dit Christine.

— Ben ouais, t'es plutôt moche, tu vaux rien en sport, en plus tu portes un nom de singe, ça nous pose un problème que les profs t'aiment bien, en fait, poursuivit Patricia. Ils en ont plein la vue de toi ! Tu me fais de l'ombre, tu vois ?

La pauvre Julie se trouvait de nouveau seule contre tous, telle une antilope affaiblie et apeurée lâchée au milieu des hyènes. La Loi de la Jungle régnait dans cette cour, dans ces couloirs, dans ce maudit collège, à la différence près que l'antilope survivait après chaque attaque, en souffrance, en attendant le prochain passage à tabac qui ne saurait se faire attendre.

Fine observatrice, elle avait bien décrypté les codes sociaux et la géographie de la cour du collège. Un espace sans pitié pour les plus vulnérables.

Il y avait les « populaires », groupe quasi inaccessible à ses yeux malgré tous les efforts du monde. Ils s'étaient approprié tout l'espace autour des immenses platanes qui trônaient au beau milieu la cour comme une estrade offrant une vision à trois cent soixante degrés. Ils se ressemblaient au point d'être confondus, vus de loin : carré court pour les filles, mèche rebelle travaillée pour les garçons, mêmes marques de sacs pour tous, mêmes modèles de chaussures, de jean, de veste, démarche assurée. La bise était un privilège strictement réservé aux heureux membres du groupe et exceptionnellement à ceux qui pouvaient prétendre à y être prochainement intégrés. Ils écoutaient les mêmes musiques, et détestaient tout ce qui ne leur ressemblait pas. La voiture de sport, la situation exceptionnelle d'un parent chef d'entreprise ou en déplacement à l'étranger, ou encore des vacances à Courchevel, Dubaï ou Miami constituaient des critères distinctifs appréciés par cette jolie communauté. Toutefois, quelques signes plus ou moins lâchement camouflés, ou avoués, témoignaient d'une profonde aversion pour toute personne au teint un peu trop hâlé, aux cheveux trop crépus, au prénom indiquant toute origine étrangère. Philippe était de ceux-là.

Un peu plus loin, près des terrains de football, se trouvaient les amis de Christine, souvent en tenue de sport ou très décontractée, un peu négligée même, aux allures rebelles de garçon manqué pour les filles. La jupe et la robe étaient proscrites, les poitrines naissantes enfouies sous de gros sweats. En outre, les bons élèves n'étaient pas souhaités au sein du groupe, à moins de prouver des performances sportives exceptionnelles. Tel était le cas de Patricia, brillante dans presque toutes les disciplines sportives, qui parvenait à se faire accepter à peu près dans tous ces petits troupeaux. Cette dernière était un vrai problème pour Julie, car elle possédait un réel potentiel pour gangréner tous les groupes. Le système avait des aspects pervers qui l'arrangeaient bien.

Il restait ce que Julie appelait le « tout-venant » : ceux qui ne rentraient dans aucune case clairement définie, les autres, la masse, qui ne suscitaient ni envie, ni jalousie, ni admiration. Juste de l'indifférence, avec un style « passe-partout ». Ils n'avaient ni spécificités ni domaines d'excellence. Certains se nourrissaient toutefois de l'ambition mal assumée de quitter cette « caste » peu réjouissante pour intégrer, selon leurs capacités et atouts physiques, le groupe des rebelles sportifs ou bien des populaires. Ils s'autoriseraient alors l'ingratitude d'oublier définitivement leurs anciens amis, voire de les dénigrer, au profit d'autres petits moutons. De parfaits spécimens de lâcheté, de médisance, avec une soif de pouvoir, de domination, de harcèlement inassouvie.

Christine et Patricia, toujours complices, firent monter de nouveau la tension. Elles donnèrent le ton et n'hésitèrent pas longtemps à franchir une ligne dangereuse : la menace du racket planait désormais.

— À chaque fois que t'auras une bonne note, tu devras nous payer une viennoiserie sous le préau à la récré de dix heures. T'as pas le choix. Si tu refuses…

Julie acheta une paix qu'elle savait pourtant éphémère en cédant à leurs exigences. Faire machine arrière dans cet engrenage devenait mission impossible. Les sommes détenues sur son livret d'épargne fondaient comme neige au soleil. Pour ralentir le phénomène, elle envisagea de moins bien travailler, puisque ses excellentes notes étaient soi-disant l'origine du problème. Elle manqua aussi quelques journées de cours – en sélectionnant les jours avec cours de sport –, après avoir simulé fièvre et maladie grâce à la technique du thermomètre posé sur l'ampoule de la lampe de chevet. Impossible évidemment de rattraper les cours. Qui les lui aurait prêtés ? La réponse était évidente.

— Ben voilà ! Tu vois, quand tu veux, tu peux nous faire plaisir ! On va finir par s'entendre…

Patricia jubilait, Christine ricanait, Julie hurlait. Le piège était bien en place. Elle redoutait la prochaine surenchère de ses bourreaux, mais aussi la réaction de sa grand-mère lorsqu'elle découvrirait son relevé de compte et ses derniers résultats scolaires. Elle s'imaginait, comme dans les films, poursuivie de toutes parts, avec un étau qui se resserrerait irrémédiablement sur elle : la seule issue serait de disparaître, par une trappe invisible dans le sol, ou par magie, ou encore d'être secourue par un superhéros qui la sortirait de cet enfer. Le fameux syndrome du prince charmant… Dans tous les cas, La balle de match n'était pas jouée, se rassurait-elle. Il y avait toujours une chance.

Un soir, en rentrant du collège, le moment redouté arriva. Julie eut la sensation que son sang se glaçait lorsque sur la table de la salle à manger se trouvait le relevé de compte d'épargne volontairement sorti de l'enveloppe. Mina observa sa petite-fille et prit sa voix sévère :

— Tu n'as rien à me dire, Julie ? Tout va bien ?

Julie se tut. La grand-mère s'adressa de nouveau à elle, brandissant le relevé de compte.

— Peux-tu m'expliquer ? Que fais-tu avec cet argent ?

Julie ne pouvait émettre le moindre son, complètement bloquée.

— Ça suffit maintenant ! Tu t'assois, s'il te plaît, et tu vas parler maintenant ! Pour la seconde fois, dis-moi ce que tu fais avec cet argent ! Si tu ne réponds pas, je te confisque ta carte de retrait !

Un silence pesant, presque mortel, suivit. Puis des bourdonnements envahirent les oreilles de la jeune fille.

— Mais enfin, tu vas parler ? Tu te paies de la drogue ?

— Non ! lâcha Julie, se tenant la tête avec les deux mains.

— Ah quand même, tu as retrouvé ta langue ! Alors c'est quoi ? Des cigarettes ? Tu fumes ?

— Non, je ne fume pas !

— Je vois bien que tu te relâches en ce moment, ces derniers temps tu me sembles moins sérieuse. Alors tu fais quoi avec cet argent ?

Mina, devant le mutisme de sa petite-fille, haussa le ton :

— Bon, tu ne veux pas parler ? Donne-moi ton carnet de correspondance, je vais prendre rendez-vous avec ta prof principale !

— Non !

— Pourquoi, non ? Tu as quelque chose à cacher ? demanda Mina en feuilletant les pages du carnet. Mais… qu'est-ce qui se passe Julie ? 8 en maths, 10 en Français ! C'est quoi ces notes ?

Julie ne put retenir ses sanglots. Les battements de son cœur tapaient à l'intérieur de sa tête et ses spasmes l'empêchaient de prononcer un mot.

— Très bien, donne-moi ta carte de retrait, et va dans ta chambre. Quand tu te seras calmée, on reprendra cette conversation !

Julie n'eut d'autre choix que d'obéir. Elle posa son imperméable sur le lit. Avec une violence inouïe, un frisson soudain, suivi d'un haut-le-cœur, la saisit lorsqu'elle s'aperçut que sa montre n'était plus dans la poche droite du vêtement. Dans la poche gauche non plus. Ni dans la poche intérieure. Paniquée, elle vida tout le contenu de son sac à dos par terre. Trousse, cahiers, classeurs, livres, règle, chemises cartonnées jonchaient le sol. Mais pas de montre. La montre que son père lui avait achetée pour ses cinq ans avait disparu. Ces garces avaient dû la lui subtiliser dans les couloirs, ou dans les escaliers. Elles avaient probablement l'intention de la lui rendre, ou plutôt de lui revendre. Le chantage était leur meilleure arme, tant que Julie avait encore un peu d'argent.

La jeune femme, désespérée, seule dans sa chambre, entendit la porte d'entrée claquer. Mina était sortie, prendre l'air ou bien faire des courses, se disait-elle.

Déstabilisée, choquée, sonnée, elle se dirigea instinctivement vers la chambre de sa grand-mère. Elle marqua un temps d'arrêt devant la porte fermée. Elle n'entrait jamais dans cette pièce. Comme si elle était son domaine exclusif. Sans y être autorisée par la maîtresse des lieux, elle brava ce qui s'apparentait à un interdit et ouvrit la porte. Son cœur battait fort, avec une sorte de culpabilité : elle allait violer l'intimité de sa grand-mère. Près de la commode se trouvait une boîte qui ressemblait à une boîte à bijoux, à l'intérieur de laquelle étaient rangées des photos : Julie bébé, ses parents aussi, des vacances dans la maison de famille en Corse dont elle n'avait pratiquement aucun souvenir. Depuis l'accident qui coûta la vie à sa fille et son gendre, Mina n'y était jamais retournée. Julie n'avait que des souvenirs très vagues de ses parents, qui, parfois, apparaissaient dans ses rêves : elle y apercevait le jardin qui surplombait la vallée, entendait des rires sourds dans la maison en pierre qui représentait le temps du bonheur. Des cauchemars la hantaient parfois aussi : un lac aux eaux sombres et inquiétantes la menaçait.

— Tu me manques, Maman. Si tu savais… murmura-t-elle en prenant soin de remettre dans la boîte les photos exactement dans le même ordre. Toi aussi, Papa. Pardon pour la montre… Je suis désolée… Et tellement nulle ! J'ai honte…

À côté de la commode se trouvait une platine pour vinyles, et juste en dessous quelques disques poussiéreux. Après avoir vérifié d'un coup d'œil l'absence de sa grand-mère et la bonne fermeture à clé de la porte d'entrée de la maison, elle entreprit avec une légère montée d'adrénaline d'écouter un des disques : c'étaient des chants corses, dont l'harmonie et la beauté la transportèrent dans un état de rêverie et de plénitude, avec l'étrange mais agréable impression de déjà connaître ces mélodies.

— Julie, que fais-tu là ? Qui t'a permis d'entrer ? cria sévèrement Mina.

Julie sursauta de terreur. Elle n'avait pas entendu sa grand-mère rentrer.

— Sors immédiatement de ma chambre. Et je t'interdis d'y entrer sans frapper, c'est compris ?

— Oui, Mina.

— Va dans ta chambre et mets-toi au travail. Puisque tu sembles décidée à faire n'importe quoi, je t'interdis de revoir ton amie Laure tant que les choses ne seront pas rentrées dans l'ordre !

Si Julie s'en voulait d'avoir pénétré le jardin secret de Mina, la honte, le sentiment d'injustice et la colère envahissaient sa conscience. Complètement démotivée pour se mettre au travail, éprouvée par l'interdiction de voir son amie pour un long moment, seule dans son univers, elle saisit un cahier et un manuel pour simuler son obéissance au cas où Mina entrerait sans frapper.

Machinalement, elle prit d'anciens programmes de télévision et magazines qui étaient rangés dans un tiroir de son bureau et qu'elle avait conservés sans but précis. Puis, elle se mit à découper les images des publicités, des illustrations, des photos qui s'y trouvaient, laissant libre cours à son imagination. Elle les regroupait par couleur, par thème, en fonction de son inspiration du moment et les assemblait avant de les coller sur les pages d'un vieux cahier de travaux pratiques inutilisé. Lorsqu'elle parvenait à créer la parfaite harmonie, elle imaginait quelle musique pourrait sublimer l'esthétisme de l'association obtenue. Puis, elle inventait des histoires, des mises en scène.

À ce moment-là, elle entrait en immersion dans l'image pour passer de l'autre côté.

Comme dans les films, elle s'envisageait à la place de Cécilia dans *La rose pourpre du Caire* ou encore de Jennifer et David dans le film *Pleasantville.* Pénétrer à l'intérieur de l'image pourrait lui offrir une parenthèse éphémère pour vivre une autre vie, jouer un autre rôle, rencontrer des personnes qui la respecteraient et ne la jugeraient pas sur des critères absurdes. Elle pourrait oublier le sort qui l'attendait d'ici peu au collège : sans argent, elle ne pourrait bientôt plus subvenir aux exigences de Patricia et Christine, et surtout, après avoir trahi et déçu sa grand-mère, elle n'aurait d'autre choix que de se remettre au travail, aggravant encore son cas. Aussi, au-delà de la peine éprouvée par la disparition de sa montre, elle redoutait l'instant où la chose serait découverte. Elle imaginait sa grand-mère, furieuse, lui crier :

— *Mais quel manque de respect pour tes parents ! Le cadeau de tes cinq ans ! Comment as-tu pu être aussi négligente ? Même pas capable de prendre soin d'une simple montre !*

Elle aurait tout donné pour s'endormir, et se réveiller plusieurs mois ou années plus tard, laissant loin derrière elle tous ces fardeaux. Retrouver le calme, après la tempête. Là, les dernières phrases d'un livre que Mina lui avait lu lorsqu'elle était petite traversèrent ses pensées. Spontanément, elle prit un stylo plume et les recopia, en s'appliquant sur chacune des lettres, sur le montage d'images qu'elle venait de réaliser dans le cahier :

Demain, demain seulement on pensera à la vie, à la mort, et pourquoi on vient sur terre. Pour l'instant, ayons l'air d'être ailleurs. Je leur dirai que j'ai rêvé.

Mina resta longtemps dans sa chambre. Durant le repas qui suivit, Julie n'osait la regarder, mais observa brièvement que les yeux de sa grand-mère étaient encore humides et bien rouges. Était-ce la déception qu'elle avait provoquée en elle ? La gêne que Mina ressentait à ne pas trouver la force de parler du passé ? La musique qui faisait remonter à la surface de douloureux souvenirs ? Aucun mot ne fut prononcé pendant tout le repas. Tant de questions restaient sans réponse au sujet de ses parents et de cette maison de Corse.

***

Ce matin-là, encore davantage que les autres matins, Julie empruntait le chemin du collège à contrecœur. L'idée de ne pas se rendre en cours lui avait d'ailleurs effleuré l'esprit : du thermomètre posé sur la lampe de chevet pour simuler la fièvre au simple fait de sécher les cours, elle avait envisagé plusieurs hypothèses. En finir pour de bon, elle y avait aussi pensé mais cette dernière alternative se volatilisa aussi vite qu'elle lui était apparue : son éternel optimisme et sa force mentale l'emportaient. Elle demeurait intimement persuadée qu'après toutes ces épreuves, des jours meilleurs l'attendraient. Il allait falloir supporter encore d'être malmenée quelque temps, se disait-elle. La balle de match n'était pas jouée.

Privée de carte de retrait, Julie avait consommé toutes ses économies et n'était plus en capacité de financer ses harceleuses. Ces dernières avaient compris sa vulnérabilité grandissante et en avaient profité pour changer les règles initialement imposées : ce n'était plus des viennoiseries mais du cash qu'elles exigeaient désormais. Très vite, une autre idée, plus glaçante encore, fut soumise à la jeune fille : voler dans les magasins, pour elles, bonbons ou autres objets faciles à troquer. Christine lui proposa même le privilège de la former « sur le terrain » à ses techniques infaillibles. L'adolescente déclina. En conséquence, les deux pestes jugèrent opportun d'augmenter la somme demandée. Aussi, Julie avait accumulé une dette ces derniers jours et elle se savait attendue à l'angle de la dernière rue, avant l'entrée du collège.

Dans le bus, elle conserva les yeux à demi fermés durant une bonne partie du trajet. Elle imaginait manquer l'arrêt et se trouver par conséquent en retard pour les cours devant la grille d'entrée du collège fermée. Seulement, pensa-t-elle, Patricia et Christine étaient elles aussi capables de manquer les cours et de l'attendre au coin de la rue. Rien n'arrêterait ces hyènes affamées. Aussi, elle descendit à l'arrêt habituel. Elle parcourut les quelque deux cents mètres qui menaient à l'entrée du collège d'un pas lent et peu assuré. Elle redoutait tellement le passage de cette dernière rue. C'est à son approche qu'elle fut soudain prise de violents spasmes abdominaux. Pliée en deux par l'intensité de la douleur, elle dut s'arrêter. Des vomissements suivirent les spasmes et lui coupèrent la respiration si bien que ses jambes perdaient toutes leurs forces pour soutenir un corps pourtant si léger.

Alors qu'elle se sentait défaillir, entre frissons, tremblements et crampes au plus profond de son ventre, Julie eut une étrange impression. Une présence toute proche d'elle, qui sans aucune raison rationnelle lui inspirait chaleur, compassion et bienveillance, lui était à ce moment précis perceptible.

— Ça va ? Tu te sens bien ? Donne-moi ton sac, je vais t'aider...

Lorsqu'elle eut la force de se retourner, elle découvrit avec stupeur le garçon du bus. Ce garçon au regard sérieux, mais doux et gentil qui certainement ne l'avait jamais remarquée. Il se tenait là, devant elle. Il venait de poser sa main sur son épaule. Il la regardait, avec compassion et sincérité.

— Merci, c'est gentil… Mais ça va aller, t'inquiète ! répondit-elle en se relevant non sans peine.

— Tu es pâle, plus pâle que les autres jours on dirait. Je t'accompagne si tu veux.

« Plus pâle que les autres jours », « Je t'accompagne si tu veux »

Julie ressassait ces douces paroles et se demandait si elles étaient bien réelles, car son esprit candide et rêveur lui jouait parfois des tours. Lorsqu'elle eut le courage de plonger son regard dans ses yeux, elle comprit. Le garçon était sincère, bienveillant, comme elle l'imaginait. Elle ne s'était pas trompée. Elle avait donc déjà attiré son attention. Elle n'était ni transparente ni insignifiante. Et quant à lui, il ne semblait éprouver aucune honte à assumer sa compagnie devant les autres.

Soudain, il posa sa main sur son bras, l'invitant à s'arrêter.

— Attends ! Regarde, il y a quelque chose qui dépasse de ton imperméable !

Il se baissa. La doublure était partiellement déchirée en bas du vêtement. Il tira légèrement et en sortit la montre de Julie, qui devait se trouver à l'intérieur de la doublure depuis sa disparition. Stupéfaite, le souffle coupé par une incroyable surprise et une immense joie, elle réalisa que sa poche était trouée. Personne ne lui avait donc volé la montre. Elle sourit au jeune homme pour le remercier. Puis elle mit la montre à son poignet, manches relevées, fermement décidée à la porter, et à en être fière.

En quelques minutes seulement, le garçon du bus, qui était à des années-lumière d'imaginer la situation de Julie, venait, à son insu, de bouleverser le cours des événements.

Tandis qu'elle apercevait Christine et Patricia effectivement placées à l'angle de la dernière rue, elle se sentait pousser des ailes. Au fur et à mesure qu'elle s'approchait de ses pires ennemies, elle adoptait une posture plus droite, un regard plus franc, une démarche plus assurée. Elle ajusta sa montre à son poignet. Elle n'avait plus rien à perdre, et peut-être même tout à gagner. On peut être mené deux sets à zéro et sauver la balle de match. Même remporter la victoire. D'autres l'avaient fait…

— Tu es au lycée ? demanda-t-elle au garçon.

— En première, oui. Et toi ?

— En cinquième.

— Ah ? Tiens, je t'aurais donné plus, je te voyais plutôt en fin de collège !

Ces paroles flatteuses la réconfortaient. En parallèle, elle avait l'étrange impression de ressentir à distance la gêne grandissante de ses harceleuses. Celles-ci feignaient de ne pas regarder dans sa direction. Julie les devinait abasourdies par le spectacle inattendu de la voir ainsi accompagnée. Le garçon s'arrêta quelques secondes pour retirer son sac à dos et fouiller à l'intérieur. Il posa amicalement sa main sur l'épaule de Julie qui savoura ce moment jubilatoire, d'autant qu'elle se savait observée.

— Tiens, prends ma bouteille d'eau, il faut te réhydrater, reprit le garçon. Comment tu te sens ?

— Mieux, beaucoup mieux. Merci, t'es vraiment sympa ! Merci pour tout ce que tu as fait pour moi. Pour la montre aussi… Je croyais l'avoir vraiment perdue !

— Mais c'est normal… Tu veux que je t'accompagne à l'infirmerie ?

Julie but une gorgée d'eau.

— Ça va aller, je pense.

Ils arrivèrent à hauteur du coin de la rue où se trouvaient Christine et Patricia. Julie, prise d'un élan d'assurance dont elle fut elle-même surprise, leur lança :

— Salut Christine, salut Patricia, comment ça va les filles ?

Elles hochèrent la tête, complètement secouées devant une Julie méconnaissable.

Ce matin-là, la roue venait de tourner.

Tous les matins désormais, Julie et le garçon du bus faisaient le trajet ensemble jusqu'à l'entrée du collège. Le « problème » de la jeune fille n'était finalement ni son nom, ni sa taille, ni sa maigreur, ni sa-peau-blanche-comme-un-cachet-d'aspirine, ni ses performances sportives, ni ses résultats scolaires : en réalité, elle n'avait pas de problème. Juste un manque de confiance en elle. Rien de plus.

C'est désormais un autre regard que Julie allait porter sur elle. Dans le miroir, son nez pas parfaitement symétrique, son œil droit légèrement plus petit que son œil gauche, ses quelques points noirs sur les ailes du nez donnaient finalement un visage acceptable. En montant sur le tabouret, elle découvrait un corps élancé, presque harmonieux, et après tout, pas si maigre.

C'est peu après cet épisode qu'elle eut ses premières règles. Grâce à son amie Laure qui était bien au courant de toutes ces choses-là, elle fut rassurée après quelques moments d'effroi : sa grand-mère n'avait jamais abordé le sujet, et encore moins la puberté et la sexualité. Peut-être par pudeur, peut-être aussi parce qu'elle la voyait encore comme une petite fille et pas comme la jeune femme qu'elle était en train de devenir. Ces règles furent d'une grande aide pour Julie, qui se vit dispensée de sport pendant un moment, puis chaque mois à la même période. Le motif de dispense « indisposée » devint son nouvel allié.

Adieu les coups de ballons dans la tête. Adieu les vestiaires du gymnase avec ses odeurs de transpiration et de plastique nauséabondes. Adieu les bruits aigus des crissements de chaussures de sport sur le sol poisseux du terrain. Adieu le son de la perche sur le carrelage de la piscine et les odeurs de pieds mêlées à celle du chlore dans les pédiluves. Adieu les humiliations.

Certaines filles de la classe observaient Julie avec un mélange de curiosité et de respect désormais, d'autres l'enviaient même de devenir femme aussitôt. Inconsciemment, sa posture avait changé, un cercle vertueux s'était enclenché : elle prenait davantage soin d'elle, se tenait droite, les épaules ouvertes, la tête relevée. Elle commençait à accepter l'image que le miroir lui renvoyait. Elle portait ses vêtements avec goût et, peu à peu consciente de l'élégance de sa silhouette, sa démarche gagnait en assurance. La cour n'était pas pour autant son terrain favori. La jungle resterait la jungle, mais son statut de proie s'estompait au fil du temps. Elle avait gagné quelques échelons dans la chaîne alimentaire.

Lorsqu'en fin d'année scolaire, les carnets de correspondance circulèrent dans la classe pour les traditionnels petits mots et « au revoir » avant la trêve estivale, Christine demanda à Julie si elle pouvait lui écrire quelque chose. Les mots qu'elle rédigea n'allaient pas la laisser indifférente :

« À une fille que j'aime bien, non que j'ADORE emmerder, mais que veux-tu, c'est tombé sur toi dans ce bahut, ça aurait pu tomber sur n'importe qui et ça ne veut pas dire que je ne t'aime pas. L'an prochain, il faudra que je cherche quelqu'un d'autre puisque je pars ! Sans rancune, Christine. »

Quoiqu'un peu perdue quant à l'interprétation de ces mots, Julie ressentit une étrange émotion, de la joie, un soulagement, un encouragement à ne plus se laisser faire. « Sans rancune », se répétait-elle, songeuse.

Patricia, dépitée du départ d'une de ses meilleures complices, se tourna vers Julie :

— Je te préviens, t'as pas intérêt à raconter l'histoire de l'argent et des viennoiseries sinon je te promets de te pourrir la vie comme jamais !

Julie eut le courage de la fixer sans détourner le regard. C'est la peur qui transpirait derrière les yeux agressifs de Patricia. Julie respira profondément, en gardant les épaules et la tête bien droites, avant de tourner les talons sans dire un mot.

L'année qui suivit fut marquée par l'arrivée d'un nouvel élève, petit, un peu chétif, couvert d'eczéma sur le visage. Sa pratique de la danse classique à haut niveau aggravait son cas. La nouvelle Tête de Turc était facile à détecter. La machiavélique Patricia, qui devait trouver une autre victime, prit un malin plaisir à mener la danse. Moqueries stupides et insultes fusaient :

— Alors, le danseur, il paraît que tu as grandi sous une table ?

— Biactol, tu connais ? Ou alors c'est tes poils de barbe qui poussent déjà ? Enfin, ça dépend si t'es un vrai mec…

Julie assistait à ce triste spectacle avec un profond sentiment d'impuissance. Difficile de l'aider sans le blesser et sans mettre à mal sa relative popularité naissante. Ne rien faire, pensait-elle, c'était comme être complice. Elle se souvint de son engagement moral qu'elle avait gardé secret : ne jamais laisser l'injustice régner. Avec courage et altruisme, elle effectua une tentative.

— Je peux te prêter des cours si tu veux rattraper ce qu'on a vu en début d'année, étant donné que tu prends le train en route…

— Pour le moment, ça va. Je te dirai si jamais. Merci !

— Ça va toi sinon ? Ils ne sont pas très cool avec toi les autres de la classe…

Il haussa les épaules. Julie fut bluffée par le recul et la maturité de cet élève qui contrastait avec son apparence timorée et fragile :

— Je m'en fous des autres ! Ils ne comprennent pas grand-chose et tout ça est bien superficiel. Mon unique but est de devenir danseur étoile. Un jour, je le serai et je me produirai dans les salles les plus prestigieuses du monde. Alors qu'ils n'y comprennent rien, je m'en fiche royalement !

Patricia, quant à elle, jalouse à tous égards de Julie, entreprit la folle entreprise de se lier d'amitié avec celle qui fut son souffre-douleur pendant presque deux années.

— Tu l'as connu comment, le garçon qui t'accompagne le matin ? C'est ton mec ? Il est au lycée ? lui demanda-t-elle, faisant allusion au garçon du bus devenu ami de Julie.

— Pourquoi tu me demandes ça ? Tu t'intéresses à lui ?

— Mais non ! C'est pour savoir, juste. Et puis aussi… On n'a jamais vraiment parlé toutes les deux. Si ça se trouve, on pourrait s'entendre, tu ne crois pas ? Tu pourrais me le présenter ?

Julie se trouvait désemparée, partagée : son intuition lui signifiait l'évidente hypocrisie de Patricia, son envie de lui « piquer » son ami, mais elle se sentait aussi flattée par l'intérêt soudain que celle-ci lui témoignait. Après tout, se disait-elle, pourquoi ne pas lui laisser une chance ? Et si elle regrettait vraiment le passé ? Et si elle pouvait lui permettre de rencontrer les autres « populaires » et d'y être peut-être acceptée ? Une des plus belles qualités de Julie constituait aussi une de ses plus grandes failles : sa bienveillance et son esprit de justice la poussaient à toujours laisser une seconde chance à ceux qui commettaient les pires actes.

Les deux dernières années au collège confirmèrent pour la jeune fille des débuts d'intégration. Les moqueries se raréfiaient. Patricia jouait toutefois avec sa vulnérabilité et sa gentillesse. Cette peste manipulatrice avait le triste avantage de la connaître depuis suffisamment longtemps pour maîtriser ses faiblesses. Elle lui demandait de l'accompagner au café d'à côté, aux anniversaires pour ne pas s'y rendre seule et elle la rejetait ou, pire, l'ignorait totalement lorsqu'elle ne présentait plus aucun intérêt à ses yeux. Certains collégiens considéraient d'ailleurs Julie comme le « petit chien » de Patricia. Elle avait néanmoins l'intelligence d'en tirer profit, car cette peste contribuait involontairement à lui ouvrir les portes d'autres groupes populaires.

Décrypter les codes, comprendre les critères d'intégration ou d'exclusion, tester la crédulité et la superficialité de ces microcosmes sociaux, tout cela animait le quotidien de Julie. Elle s'interrogeait sur le devenir de tous ces cheptels et se demandait, aussi, s'ils n'étaient pas finalement qu'une représentation de la société qui l'attendait à l'âge adulte.

Là, elle se jurait qu'elle resterait toujours, quoiqu'il advienne, à l'écart du troupeau.

***

La semaine qui suivit la rentrée au lycée, le professeur principal demanda :

— C'est terminé pour tout le monde ? Très bien ! Procédons au dépouillement. Un volontaire ? Olivier, parfait, venez !

Quelques minutes plus tard :

— Bon, au moins cela est clair, rapide et unanime : Julie et Frédéric sont élus délégués. Félicitations à tous les deux, on compte sur vous pour représenter cette classe, être le relais entre élèves et professeurs tout au long de cette année scolaire !

Julie n'en revenait pas ; les stigmates et les démons du passé hantaient encore son esprit. En développant chez elle une humilité excessive proche d'un sentiment d'imposture, ils lui laissaient entendre qu'elle ne méritait peut-être pas ces éloges et ce succès soudain.

Mais les applaudissements des élèves lui firent chaud au cœur. Elle prit son rôle de déléguée à bras le corps et forma une belle équipe avec son homologue Frédéric. Très vite, elle parvenait à prendre la parole devant toute la classe, sans rougir, sans trembler, sans regarder dans le vide. Excellente oratrice, elle présentait désormais avec une aisance insoupçonnée les comptes-rendus des conseils de classe, ainsi que les événements liés à la vie scolaire.

L'avenir renforcera ce sentiment et son chemin vers la légitimité suivra son cours. Car la jeune femme ignorait à ce jour qu'elle renouvellerait l'opération en première, puis en terminale après les sollicitations insistantes de ses camarades. Elle serait de nouveau élue haut la main. Elle ignorait aussi qu'elle allait devenir aux yeux de sa classe, et peut-être aussi dans sa vie d'adulte, celle qui saurait fédérer, apaiser les tensions, venir en aide à ceux qui rencontreront des difficultés, consoler ses amis pour leurs peines de cœur. Elle ignorait qu'elle allait devenir celle qui susciterait l'envie de confier petits et grands secrets, celle qui inspirerait confiance, réconfort et bienveillance.

Douée d'une empathie, d'une sensibilité et d'une intuition exceptionnelles, un bel itinéraire lui tendait les bras, aussi riche et intense que les phrases qu'elle écrivait « à défaut de les vivre » près des images collées dans son cahier. Armée d'une force mentale hors du commun, elle serait toujours celle qui, capable de tomber neuf fois, se relèverait dix. Sa résilience sera sa meilleure alliée. Elle lui offrira de passer de l'autre côté : vivre sa vie, la vraie. Et pas seulement en rêves.

Bientôt, Julie sera fière de ce qu'elle est devenue. Forte de ses différences, de son parcours, il ne faisait plus aucun doute qu'elle porterait dignement son nom. Comme elle s'y était engagée, elle trouvera l'énergie pour sortir du troupeau.

Inéluctablement, plus aucun doute ne subsisterait sur ce qui l'attendait au bout du chemin : sa légitimité.

Comme sur des rails !

La petite étoile

Voie 2, le train express régional numéro 4805, à destination de Périgueux, départ 7 heures 25, va partir. Éloignez-vous de la bordure du quai.

Pour Laure et Julie, les quatre notes de piano du jingle SNCF annonçaient leurs retrouvailles et, surtout, le grand départ vers leur nouvelle vie d'étudiantes. Un petit appartement au confort spartiate allait devenir leur colocation pendant cette année. Tapisseries d'une autre époque, matelas affaissés, ressorts saillants, isolation douteuse, radiateurs rouillés, kitchenette avec le strict minimum, ensemble dépareillé. Mais tout ceci importait peu. Car la seule chose qui comptait vraiment, elles l'avaient : être ensemble.

— Très bien, votre dossier est complet. Voici donc vos clés, dit la propriétaire. Votre bail court jusqu'en juin, vous me direz si jamais il faut décaler les dates.

— Je ne pense pas. On n'est là que pour l'année scolaire, normalement ! répondit Laure.

La porte claqua. Les deux amies se regardèrent sans dire un mot, des étoiles dans les yeux, euphoriques. Les clés qu'elles venaient de récupérer leur ouvraient les portes de la liberté. Une nouvelle page était désormais à écrire. Ce serait court, mais intense. Quelques mois seulement. Après la licence, elles savaient qu'elles suivraient certainement des chemins différents. *Carpe diem* raisonnait dans leur esprit : il ne fallait en aucun cas perdre une miette de bonheur et vivre chaque instant comme s'il était le dernier.

L'immersion fut immédiate pour les deux jeunes femmes. L'ambiance semblait prometteuse dans la promotion. Entre les cours, des travaux de groupe apportaient du rythme. Les soirées étudiantes respectaient la tradition en ayant lieu tous les jeudis soir. Les vendredis, elles rentraient ensemble à Bordeaux en train le temps du week-end.

La gare, ou plutôt les gares étaient des endroits étranges. Les deux amies, entre imagination débordante et excitation, percevaient ces lieux comme des sas aux pouvoirs presque magiques qui permettaient de voyager d'un monde à l'autre. Le franchissement des portes de la gare marquait une sorte de rupture de l'espace et du temps. Comme une salle de cinéma qui autoriserait un passage de l'autre côté de l'écran pour entrer dans une autre histoire, une autre vie. Une sorte de bulle entre deux réalités qui ne pouvaient se rencontrer. Il était probable qu'un étudiant de leur promotion croisé un week-end à Bordeaux ne soit pas reconnu immédiatement : il serait hors contexte, un peu comme si le personnage d'un film venait rencontrer les spectateurs de la salle de cinéma. Elles seules faisaient partie de ces deux mondes parallèles. Elles seraient liées par cette étrangeté tout au long de l'année scolaire.

L'atmosphère et les bruits à la fois sourds et aigus de la gare leur étaient devenus familiers : le brouhaha des voyageurs, les pigeons, l'odeur indéfinissable du lieu, les freins qui grinçaient sur les rails, le sifflet du chef de gare, les roulettes des valises sur le sol. Tous ces sons formaient une sorte d'harmonie. Déjà, elles commençaient à reconnaître quelques visages dans le train.

Comme elles, chacun s'attribuait toujours la même place dans le wagon, dans le même sens. Elles s'amusaient à observer le besoin de se créer des habitudes, une routine, même dans des situations aussi banales que s'installer dans le siège d'un train. Bientôt, quand ces personnes les reconnaîtraient, elles pourraient se saluer, peut-être même s'adresser la parole.

***

Un soir après les cours, Julie interpella son amie : un jeune homme semblait l'appeler au loin.

— J'y crois pas… C'est Vincent ! Viens Julie je vais te présenter !

Laure était remplie de joie à l'idée de revoir ce vieil ami qu'elle n'avait pas croisé depuis des années. Elle sauta au cou de son ami d'enfance. Puis tous les trois prirent un peu de temps autour d'un verre en terrasse. Vincent était un jeune homme au physique assez banal, à première vue. Pourtant, lorsqu'il prenait la parole, son attitude, son regard bleu clair et sa barbe de trois jours lui procuraient un charme certain.

— C'est incroyable de te croiser ici ! Qu'est-ce que tu fais à Périgueux ? demanda Laure.

— Je bosse ! Je suis apprenti chez un ébéniste. Tu vois, j'ai quitté l'école depuis un moment… Toi, je suppose que forte comme tu es, tu fais des études ?

— On est en licence, Julie et moi. Tiens d'ailleurs je ne vous ai pas présentés ! Julie est ma meilleure amie, voilà. On est en colocation pour cette année. Et Julie, Vincent est un ami d'enfance, un ancien voisin.

Tous deux échangèrent un bref sourire pour se saluer.

— Les filles, j'habite pas très loin.

Il déchira un bout de la nappe en papier et prit un stylo.

— Tenez, voilà mon adresse. Passez quand vous voulez, je suis moi aussi en colocation. Cela me ferait plaisir de vous revoir ! Une année, ça passe vite, alors il faut en profiter !

Vincent se leva.

— Je dois vous laisser. On se revoit bientôt, ça marche ? leur dit-il en faisant un clin d'œil en leur direction.

Tel un courant d'air, après avoir laissé quelques pièces sur la table, il s'éloigna rapidement pour rejoindre une jeune femme qu'il enlaça tendrement. Laure soupira, amusée.

— Ah, celui-là ! Incorrigible !

— Pourquoi dis-tu cela, Laure ?

— Aujourd'hui, c'est cette fille, demain ce sera une autre, et après-demain pourquoi pas toi ? Ce mec a un truc qui fait tomber les filles, c'est incroyable !

— Tu plaisantes ? C'est pas du tout mon genre !

— Alors, écoute-moi bien, ma belle : ne dis jamais « jamais » !

Julie se mit à rire en restant dubitative devant un don mystérieux qu'aurait cette personne a priori ordinaire. Elle choisit d'esquiver le sujet et regarda machinalement la nappe déchirée.

— Laure, ça te dit d'aller au « D3 » ce soir ? Marie me l'a proposé tout à l'heure. Ils font une soirée pizza, on a juste à apporter à boire…

Le « D3 », ainsi était baptisé, depuis des années maintenant, l'immense appartement loué par une poignée d'étudiants de la promotion pour une somme modique. L'origine de ce nom étrange trouvait son explication sur un vieux plan de la ville accroché au mur de la cuisine : l'appartement se situait dans la case D3 de ce plan. Un lieu chargé d'histoires estudiantines et un nom de code sûrement employé dans le passé par d'autres, pour des jeux de pistes ou encore les bizutages.

Le D3 était devenu une sorte de QG pour soirées, apéritifs, dîners improvisés. La colocation prévue pour quatre ou cinq étudiants devenait alors le lieu de regroupement de dizaines d'étudiants plus ou moins sobres. L'absence de voisins directs autorisait les débordements fréquents. Il était connu de toute l'université que pour tout étudiant travailleur, pour qui sortir n'était pas la priorité, mieux valait ne pas choisir cet appartement. Habiter le D3 imposait d'accepter nuits courtes, environnement bruyant et désagréments consécutifs aux abus en tous genres.

La soirée fut fidèle à la tradition du lieu : appartement bondé, boissons à volonté, sono parfaite. Après plusieurs tentatives infructueuses, Laure et Julie avaient fini par apprécier la bière qu'elles trouvaient encore peu ragoûtante en début d'année. Elles laissaient en revanche la Vodka et le Gin aux plus téméraires. Aussi, les deux amies prenaient peu à peu goût à ces soirées qu'elles jugeaient en début d'année puériles et excessives. Elles quittaient toutefois les lieux assez tôt pour éviter d'assister aux dérives et débordements des fins de soirée. Sur le point de s'éclipser, Laure sentit soudain une main chaude et moite saisir la sienne.

— Tu pars déjà ?

Son regard croisa celui de Éric. Ce dernier était membre actif du BDE[1]. C'était la première fois qu'il lui adressait la parole. Visiblement déjà bien alcoolisé, il se montrait insistant à son égard. Elle ne put lui refuser un rock endiablé. Lorsqu'elle parvint enfin à s'extirper, elle rejoignit Julie pour quitter la soirée.

[1] BDE : Bureau des Élèves.

— Je le sens pas ce mec, avoua Julie.

— Il a trop bu, c'est tout. Dommage car je le trouve assez classe, en temps normal.

— Tu es sérieuse ? Moi je dirais plutôt qu'il est prétentieux et « m'as-tu-vu » !

— Ah… De toute façon toi et moi, nous n'avons pas vraiment les mêmes goûts à ce niveau-là ! Et tant mieux d'ailleurs…

Les lendemains de soirée, les cours étaient quelque peu désertés. Éric faisait partie de ceux qui séchaient les cours du vendredi matin pour rejoindre l'amphi l'après-midi. Laure fut surprise lorsqu'il la frôla dans le couloir sans même la regarder, alors qu'il tenait tant à l'amadouer la veille. Trop alcoolisé pour se souvenir, peut-être. Quoique l'alcool avait bon dos parfois.

— Laisse tomber, Laure ! De toute façon, je crois qu'il sort avec Léa, du BDE.

— Léa ? Je ne l'aime pas celle-là. Tu ne la trouves pas un peu péteuse avec ses grands airs ?

Julie fit un signe approbateur avec ses mains : qui se ressemble s'assemble. Laure soupira et fit une suggestion à son amie pour contourner le sujet : et si toutes les deux composaient une liste pour les élections du prochain BDE ?

— Ah non ! Franchement ! Toi, vas-y si tu veux ! L'organisation des beuveries et croiser tous les jours ces « grandes gueules », non merci !

— Décidément, tu es trop sérieuse, toi ! Il va falloir que tu te détendes un peu, mon amie… Bon, enfin je vais voir. Tu as peut-être raison…

— Laure, ne te laisse pas aveugler par tout ça !

Elle choisit finalement de rester à l'écart des listes candidates pour intégrer le BDE. Aller aux soirées était suffisant pour profiter de la vie étudiante. Et effectivement, Éric sortait bien avec Léa. Ils composaient d'ailleurs un couple populaire très en vue.

Pourtant, ce dernier adoptait un comportement ambigu à l'égard de Laure. À l'insu des regards indiscrets, dans les couloirs, il pouvait poser doucement sa main sur son épaule. Là, il effleurait son visage et lui susurrait des « Tu es très jolie, Laure, très sexy dans cette petite robe ». Il pouvait la caresser discrètement pendant un slow lors des soirées, la serrer fort contre lui pour bien sentir ses seins pointus et ses formes voluptueuses. Il pouvait lui lancer des regards passionnés au beau milieu de la cour. Il pouvait faire tout cela, puis la snober littéralement dans l'instant qui suivait. Passer à côté d'elle sans même la regarder. Ne pas lui dire bonjour, exprès. Et là, l'alcool ne constituait en aucun cas un alibi valable.

Déroutée, troublée, Laure avait besoin de se changer les idées. Elle avait conservé le petit bout de nappe sur lequel son ami Vincent avait noté son adresse : « 1 rue des Fleurs ». Facile à retenir, et pas trop loin de chez elle et Julie.

— Enfin ! clama Vincent lorsqu'il les vit sur le seuil de la porte. J'ai bien cru que vous ne viendriez pas ! Allez, entrez !

Sa chambre était dans un désordre innommable. Les deux amies s'amusaient intérieurement du cliché ainsi représenté. Des chaussettes et des t-shirts traînaient par terre. Des pommes de terre germées dépassaient sous l'armoire. Sur les murs, des posters. Des associations pour le moins éclectiques : les Doors, U2, les Bee Gees, Pink Floyd, Janis Joplin et même Goldman, ou encore Raphaël. Une guitare était soigneusement posée près de la cheminée. Et sur la cheminée, le parfum Fahrenheit de Dior. Juste à côté, des piles et des piles de CD. Il y en avait partout. Des vinyles aussi. Et une platine pour vinyles. Mélomane, sans aucun doute. Un peu artiste, sûrement.

— Vous dînez là si vous voulez ?

Il ouvrit le réfrigérateur. Les canettes de bière et de Coca Cola prenaient presque tout l'espace. Quelques centimètres carrés étaient consacrés à des boîtes de lardons et quelques œufs. Son visage fit une moue censée traduire la fausse surprise de découvrir le contenu du réfrigérateur.

— Bon, là il va falloir être inventif… Pâtes carbo ce soir, ça vous va ? Allez, apéro !

David, son colocataire, était dans la cuisine.

— Salut David ! Tiens, je te présente mes amies, Laure et Julie. Tu restes avec nous ?

— Yes ! répondit David. Vous avez raison de rester dîner, il fait ça très bien les pâtes carbo ! C'est bien ce que tu avais prévu, Vincent ? Bon, je vous sers quoi en attendant, les amis ?

Vincent se mit à rire.

— David se moque de moi : je prépare toujours la même chose à manger, alors forcément, je maîtrise… Le problème c'est que je ne sais faire que ça ! La prochaine fois, David, je te préviens : c'est toi qui fais la bouffe ! Et les courses aussi !

David tapa dans la main de son colocataire en guise d'approbation.

— Bon qu'est-ce que j'ai à vous proposer : Malibu… Whisky… Bière blonde… Bière blanche… Et avec tout ça j'ai du Coca, du jus d'orange… Évidemment, j'ai aussi de l'eau ! À vous les filles !

Malgré un choix bien plus garni pour la boisson que pour le repas, Laure et Julie optèrent pour la bière qu'elles avaient définitivement adoptée. Une boisson conviviale qui permettait également d'intégrer le cercle des buveurs d'alcool, sans prise de risque : il en fallait pas mal pour obtenir les effets secondaires. Vincent saisit l'écumoire pour attraper une pâte dans la casserole.

Puis il lança la pâte contre le carreau de la fenêtre devant ses amies, dubitatives.

— Ah, je vois que vous ne connaissez pas la technique : la cuisson des pâtes, c'est tout un art ! Si elle glisse, elle est trop cuite, ou pas assez. Si elle reste collée, elle est « al dente », c'est parfait ! expliqua Vincent.

— Je vous l'avais dit : il maîtrise ! renchérit David avant de jeter un regard à sa montre. Bon, moi je ne vais pas tarder.

David n'allait pas pouvoir rester bien longtemps. Infirmier de nuit, il devait rejoindre l'hôpital en soirée. Vincent referma la porte à clés après son départ. Puis il revint dans la cuisine, la guitare à la main.

— J'ai pas de dessert à vous proposer. Désolé ! Alors pour boucler ce succulent repas, je vous propose un interlude musical !

Il quitta la pièce et revint avec sa guitare à la main. Puis il se mit à jouer des morceaux d'une autre époque. Du Cat Stevens, du Dire Straits, du U2, du Muse, du Sting. Habité par la musique, son interprétation subjuguait son auditoire. Une communion parfaite avec l'instrument, une émotion dans la voix qui parvenait à capter des notes surréalistes. Un véritable talent transcendait cet homme. Il pouvait, avec sa seule guitare et une parfaite maîtrise de son timbre de voix, passer de la douceur à la douleur, du sourire aux larmes, du calme à la tempête.

Ce moment de grâce fut soudainement interrompu par le retentissement de la sonnette d'entrée. Vincent soupira en se dirigeant vers la porte. La jeune femme qui entra l'embrassa goulûment lorsqu'elle aperçut Laure et Julie.

— On va y aller, hein, Julie ? proposa Laure.

— Déjà ? demanda Vincent.

— Oui, elles partent, c'est mieux comme ça… Il est tard, non ? poursuivit la jeune femme, insistante.

— Je vous accompagne, dit Vincent.

Une fois dehors, il poursuivit :

— Désolé, les filles… Elle est un peu jalouse ! En tout cas, merci d'être venues. J'ai passé une super soirée ! Revenez quand vous voulez !

Puis, s'adressant à Julie :

— À bientôt, Julie…

La jeune femme fut surprise de ces quelques mots. Intimidée, elle se demandait comment elle pourrait le revoir. Sans la jeune femme vulgaire et antipathique qui interrompit cette belle soirée. Le croiser, mais pas exprès. Par hasard, ce serait bien. Même si le hasard n'existe pas.

***

Le travail, les cours, les projets, une petite routine était bien en place désormais. Chaque vendredi, Laure et Julie reprenaient le train pour Bordeaux, chaque dimanche, le train pour Périgueux. Toujours les mêmes têtes dans le wagon, aux mêmes places, dans le même sens. Peu à peu, elles osaient les saluer brièvement. Entamer une conversation, pas encore. Il eut fallu se connaître un peu pour cela. Ou bien trouver un prétexte. À défaut de les aborder, elles essayaient d'imaginer leurs vies : pourquoi ils étaient dans ce train, d'où ils venaient, quelle était leur profession, s'ils étaient heureux dans leur vie, s'ils prenaient le train juste le dimanche, juste le vendredi, ou bien tous les jours ?

Au fil des semaines, la gare conservait ce pouvoir étrange, comme une machine à voyager dans le temps et dans l'espace. Le train constituait pour les deux amies un trait d'union entre leurs deux mondes. Le monde de leur vie d'avant, qu'elles retrouvaient chaque fin de semaine, et le monde de leur vie d'étudiantes. L'un était apaisant, rassurant, presque ennuyeux. L'autre déstabilisant, intense et palpitant. Lorsqu'elles entraient en immersion dans un monde, elles en oubliaient presque l'autre. Drôle de sensation.

L'hiver approchait à grands pas. Près de l'Isle[1], Julie photographiait les couleurs de l'automne, sa saison préférée. La soudaineté du passage de l'été à l'hiver la fascinait. Aucun jour ne ressemblait à son lendemain. Dans la rivière, le reflet des couleurs naturellement saturées formait une symétrie parfaite. Elle aimait ce côté mathématique et éphémère. Il fallait déclencher maintenant l'appareil photo pour obtenir l'image parfaite. Demain, cette image ne serait plus. Elle sentit soudain une présence. Le reflet d'une silhouette dans l'eau confirma cette impression. Surprise en pleine évasion artistique, elle sursauta lorsque l'image qui se reflétait devint plus nette. C'était Vincent.

— Tu m'as fait peur…

— Qu'est-ce que tu fais là ? demanda-t-il.

— Ce que je fais… Rien ! Je regarde la nature, juste. Le compte à rebours qui annonce l'hiver a commencé.

Il sourit.

— Je t'offre un verre en ville, si tu veux !

— En fait, je n'ai pas vraiment le temps, on doit bosser sur un projet de groupe avec Laure…

Puis, le voyant faire la moue, elle accepta. Ils marchèrent jusqu'à un bar à cocktails où se rendaient souvent les jeunes et les étudiants.

— Tu parlais de compte à rebours tout à l'heure… reprit Vincent. Moi, je crois que la vie est un éternel compte à rebours… C'est un sujet intéressant. Pour toi aussi le sablier est retourné, non ?

---

[1] Affluent de la Dordogne qui coule à Périgueux.

— Comment ça ?

— Le temps qu'il te reste avant la fin de ton année ici ! Si tu considères ton année comme le cadran d'une montre qui commence et se termine sur le douze, alors l'aiguille est déjà sur le quatre. Au moins. Il te reste huit heures. C'est pas grand-chose. Enfin, cela dépend de ce que tu fais de ces heures qu'il te reste. Certaines peuvent durer plus longtemps que d'autres…

— Tu as raison… Le temps passe vite ! Mais je ne partirai que si je réussis ma licence…

— Tu l'auras.

— Attends, ce n'est pas fait encore… Il y a du boulot quand même !

— Tu l'auras, c'est une évidence. Un, tu es brillante, deux, tu es volontaire et ton but est de l'avoir.

— Tu es bien sûr de toi !

— Je ne suis pas sûr de moi. Je crois en toi, c'est tout. Et en la loi de l'attraction. Ou le pouvoir de l'intention, si tu préfères.

— Mais tu me connais à peine !

— Regarde-moi, Julie, tu réussiras, c'est une certitude. Et après cette année, tu feras quoi ? Tu ne vas pas rester ici, j'imagine…

Julie acquiesça.

— Donc je te croiserai plus !

Elle sourit.

— OK, donc il faut que je multiplie les occasions de te croiser tant qu'il est encore temps ! Le sablier est retourné, n'oublie pas…

Julie, un peu gênée, saisit son verre et suggéra de trinquer. Vincent, la sentant réservée mais réceptive à ce petit jeu, lui lança en levant son verre :

— À ces quelques semaines et mois durant lesquels nous avons une chance de nous croiser !

En essayant de reprendre un air sérieux, et aussi par pudeur, elle reprit la conversation :

— Et toi ?

— Quoi, moi ?

— Tu me racontes ce que tu fais ?

— Oh, moi, tu sais, c'est pas très intéressant. Je foutais rien à l'école. Alors comme beaucoup de gamins dans mon cas, j'ai été orienté vers une filière manuelle. J'ai bien galéré. Un jour, j'ai découvert l'ébénisterie. J'irai pas bien loin avec ça mais dans le fond, ça ne me déplaît pas.

— On a besoin de personnes manuelles. On en aura toujours besoin !

— Tu es gentille de me dire ça, mais je ne me fais pas d'idée. Un manuel reste un manuel. Notre système éducatif coupe la population en deux. Quand tu te trouves du côté des manuels, c'est souvent qu'on ne savait pas quoi faire de toi !

— Je suis d'accord sur un point : notre système reste élitiste et ne permet pas toujours de se révéler. Mais cela n'enlève rien à ton potentiel.

— Peut-être. On verra. Toi, par contre, tu es de l'autre côté. C'est un avenir brillant qui t'attend.

— Tu parles de réussite matérielle, Vincent. Est-ce vraiment le plus important ?

— Bien sûr que non. Pour moi, l'argent n'a pas de valeur. Et pourtant, c'est bien l'argent qui te procure un rang et un statut social qui peut te rapprocher, ou t'éloigner les gens. Demain, quand tu seras cadre supérieure dans une multinationale, le petit ouvrier comme moi, tu ne le regarderas même pas ! Et puis comment pourrais-tu me croiser ? Moi dans mon coin à Périgueux, toi dans les quartiers chics de Bordeaux, Paris, ou même Londres et New York ?

— Je ne suis pas d'accord avec toi : pourquoi resterais-tu « un petit ouvrier » ? Les dés ne sont pas jetés !

— Pour ne pas le rester, il faudrait déjà en avoir l'envie. Et puis les capacités aussi. Dans notre système, on ne change pas de catégorie aussi facilement.

— Ça fait un peu « lutte des classes » ton raisonnement !

— Ouais, je t'avoue que je suis un peu à gauche, un peu beaucoup même…

Julie sourit. Il y avait chez Vincent un côté « bad boy-rebelle-mais-gentil-dans-le-fond » qui lui donnait un certain charme. Elle poursuivit la conversation :

— Moi je ne suis nulle part : ni à gauche ni à droite. La politique, ce n'est pas ma tasse de thé ! Je suis pour l'humain. Pour l'environnement aussi.

— Tu es une gentille capitaliste, alors. Idéaliste, humaniste. Mais comme c'est antinomique, fais attention de ne pas passer de l'autre côté !

— Je ne crois pas… Mais, changeons de sujet alors… Et la musique ? Tu as un talent, je crois… Et si tu en faisais quelque chose ?

Vincent ne pouvait cacher son émotion.

— Pourquoi pas ? Tu me touches là !

Julie baissa les yeux. Une intimité naissait entre elle et Vincent, alors qu'ils se connaissaient à peine. Elle regarda sa montre. Deux heures venaient de s'écouler.

— Je vais devoir rentrer. J'ai du travail…

Ils quittèrent le bar. La nuit était tombée. Julie n'habitait pas très loin ; elle déclina la proposition de Vincent de la raccompagner mais ne put résister à son regard intense lorsqu'il s'approcha d'elle pour l'embrasser au milieu de la rue. Tel un gentleman, il la laissa rentrer seule comme elle en avait émis le souhait. Il eut la délicatesse de ne pas insister. Juste avant de la laisser partir, il lui dit juste ces quelques mots avec un clin d'œil discret :

— Laissons le hasard faire que nous recroiserons bientôt ! Avant que l'aiguille du cadran fasse le tour et s'approche dangereusement du douze… Mais comme le hasard n'existe pas… Si on doit se croiser, alors on se croisera…

Troublée, Julie rejoignit sa colocation. En chemin, elle repensait aux dernières paroles de Vincent, inattendues après un premier baiser. Aussi, elle se demandait si elle le reverrait, où et quand, dans quelles circonstances, s'il était toujours avec sa petite amie, où cela allait les mener.

— Ne dis rien. J'ai compris ! Tu étais avec Vincent, c'est bien cela ? demanda Laure.

— Comment tu as deviné ?

— Une intuition… Je me doutais que cela arriverait ! Fais attention à toi, quand même…

Julie appréciait la bienveillance de Laure et ne se faisait aucune idée sur sa possible relation avec Vincent. Il occupait toutefois de plus en plus ses pensées. Sa sensibilité si rare, sa vision du monde, sa délicatesse, mais aussi l'impossibilité d'envisager un lendemain, de se projeter : ces contradictions n'étaient pas simples à gérer pour la jeune femme.

Aussi, les week-ends lui procuraient un peu de répit : ils constituaient une espèce de respiration, un passage dans l'autre monde. Ils mettaient le quotidien périgourdin entre parenthèses. Laure et Julie saluaient désormais plus franchement les visages connus dans le train. Elles n'étaient plus très loin d'oser démarrer une conversation. Il manquait toutefois toujours ce fichu prétexte.

Déjà, les étudiants de la promotion pensaient à « l'après » licence. Laure et Julie réalisèrent presque angoissées que plus d'un tiers de l'année scolaire s'était écoulé. Il ne fallait pas laisser le compte à rebours s'accélérer. Le gong sonnerait le jour où toutes deux rendraient les clés de leur appartement. Ou plutôt quelques minutes plus tard, lorsqu'elles monteraient dans le train pour Bordeaux. Ce serait un aller simple, cette fois. Ce jour-là annoncerait une nouvelle séparation de leurs chemins. Il fallait ralentir le passage du sable dans le sablier.

Laure était de moins en moins motivée par les cours et envisageait une reconversion après la licence, à Bordeaux ou ailleurs. Elle s'engageait, néanmoins, à travailler un minimum. Julie, quant à elle, souhaitait parfaire son Anglais et envisageait de partir une année à l'étranger. L'aventure l'effrayait, tout de même. La peur de l'inconnu.

Les membres du BDE organisaient des soirées à thème de temps en temps et les deux amies se rendaient au D3 régulièrement. Le lieu demeurait fidèle à sa réputation. Après une tentative infructueuse envers Julie, Éric se rabattit sur Laure. Ses avances à son égard étaient de plus en plus insistantes. Lorsqu'il lui dit dans le creux de l'oreille qu'il n'était plus avec Léa, Laure s'abandonna totalement à lui. Elle n'opposa aucune résistance lorsqu'il l'entraîna dans une des chambres de l'appartement. Julie rentra seule à la colocation ce soir-là.

À l'université, la nouvelle idylle entre Éric et Laure passait totalement inaperçue. Pourtant, avant, quand il était encore avec Léa, il n'hésitait pas à s'afficher ouvertement aux yeux de tous. Julie enlaça son amie lorsqu'elle l'aperçut à la sortie de l'amphi.

— Ma Laure ! Inutile de te demander comment tu vas.

— Il est génial, si tu savais… J'ai passé la plus belle nuit de ma vie !

— Alors c'est officiel, tu as détrôné Léa ?

— Arrête… Je n'aurais jamais cru que Éric s'intéresserait un jour à moi ! Mais il ne veut pas trop l'ébruiter.

— Ah bon, pourquoi ?

— Lui et Léa sont ensemble au BDE et il veut essayer de garder des relations amicales pour l'ambiance, tu comprends ?

Julie resta silencieuse. Elle ne voulait pas blesser son amie. Elle n'aimait pas beaucoup Éric et ne voulait pas l'influencer.

Comme les semaines précédentes, Éric passait près de Laure sans même la regarder. Pas fuyant, mais indifférent. La jeune femme n'était pas très à l'aise avec la situation. Il lui avait pourtant dit tant de belles choses pendant la nuit. Un jour, juste avant de pénétrer dans l'amphi, il profita de la bousculade à l'entrée pour lui glisser un mot dans la poche avant de son jean, après lui avoir caressé discrètement le haut des cuisses. Une fois installée, Laure le déplia devant Julie :

Ce soir, 22 heures, chez moi (pas au D3, on sera plus tranquille). PS : tu es belle aujourd'hui et tu me manques.

Julie ne put s'empêcher de mettre Laure en garde :

— Au moins, il est clair : on sait ce qu'il veut, lui !

— Arrête, Julie… C'est un mec, c'est normal. Ils ne fonctionnent pas comme nous. Je t'assure qu'il est très doux et gentil avec moi.

— Normal, il se donne les moyens d'obtenir ce qu'il cherche !

— Tu ne l'aimes pas beaucoup, pas vrai ?

— Écoute, Laure, tu sais très bien que je ne le sens pas, ce mec. Depuis le début. Maintenant, je peux me tromper. Je te le souhaite, vraiment.

— Pourquoi tu le sens pas ? Je ne comprends pas…

— Je ne le trouve pas clair. On dirait qu'il se cache… Tu es sûre qu'il n'est vraiment plus avec Léa ?

— Bon, c'est fini les bavardages ? Les filles, dans le coin, vous pouvez sortir si le cours ne vous intéresse pas ! cria le professeur.

Julie allait se retrouver seule à la colocation pour la soirée. L'étrange intuition de laisser sa meilleure amie se jeter dans la gueule du loup l'envahissait. Mais après tout, Laure était majeure, responsable, libre de ses choix.

Aussi, Vincent occupait pas mal les pensées de Julie. Elle attendait que le hasard le place de nouveau sur son chemin. Ce soir-là, cela aurait été bien, pensait-elle en se rappelant les paroles du jeune homme au sujet de la loi de l'attraction. Elle devait avoir sa bonne étoile : c'est David, le colocataire de Vincent, qu'elle croisa en quittant l'IUT, plusieurs cartons de pizzas à la main.

— Salut, Julie ! Ce soir, c'est pizza, comme tu peux voir ! Tu viens chez nous, si tu veux, avec ton amie ? Attends... Tu aimes le foot, au moins ? Parce qu'on regarde le match entre potes, en fait.

— Le foot ? Pas trop non ! répondit Julie, amusée. Mais les pizzas, c'est tentant !

— Allez, viens ! Ce sera sympa !

Elle eut un moment d'hésitation. Elle se demandait quelle serait la réaction de Vincent. C'était elle qui revenait vers lui. Elle aurait préféré le contraire. Pourtant, elle avait tellement envie de le revoir. Lorsque Julie et David ouvrirent la porte d'entrée, un brouhaha envahissait la pièce. Une dizaine d'amis étaient déjà là. La télévision était allumée, le son assez fort. Les bières étaient au rendez-vous. Le regard de Vincent croisa celui de Julie. Il saisit une fourchette et tapa trois fois sur la table pour faire cesser les discussions et baissa le volume de la télévision. Le silence fut immédiat.

— Les amis ! S'il vous plaît… Les bières sont à disposition, le match démarre dans peu de temps, les pizzas viennent d'arriver !

Tous se retournèrent vers David et Julie. Vincent poursuivit :

— J'en profite pour vous présenter Julie, que j'ai rencontrée il y a quelques semaines. Julie, ça va être long de te présenter tout le monde… Ce sont mes amis, ceux de David, et aussi nos collègues ! Ce soir, le mot d'ordre, c'est foot et bonne franquette !

Il s'approcha de Julie en lui déplaçant une mèche rebelle derrière l'oreille :

— Je le savais !

— Quoi ?

— Que tu reviendrais !

— Oui, enfin j'ai quand même croisé David complètement par hasard !

— Le hasard n'existe pas. Tu te souviens de la loi de l'attraction ?

La lumière tamisée arrangeait bien la jeune femme qui peinait à cacher son trouble.

— Moi, je crois juste que l'un de nous deux pensait à l'autre, poursuivit Vincent. Mais je ne sais pas qui… À moins que ce soit nous deux, peut-être ? … Aïe, je viens de te faire un aveu…

Le coup d'envoi du match rompit ce moment suspendu.

Julie n'était pas totalement à son aise au milieu de ces footeux, elle qui détestait depuis son plus jeune âge les sports de ballon. Elle trouvait grossiers et vulgaires les mots qui s'échappaient de la bouche de ces personnes après chaque sifflet de l'arbitre. Il y avait, pourtant, quelque chose de convivial, de bon enfant, de sympathique. Les amis de Vincent et David cherchaient juste à passer un bon moment ensemble. Ils se contentaient de petits bonheurs simples. Dans les soirées du D3, c'était autre chose : la quête de sensation, la course à la drague, la popularité, les excès d'alcool et les consommations d'autres substances moins recommandables étaient de mise. Deux mondes bien différents.

L'appartement se vida assez rapidement à la fin du match. Julie sembla surprise.

— Eh oui, nous on bosse, demain ! lança Vincent.

— Mince, c'est vrai… Je vais rentrer, moi aussi.

— Non, attends, Julie. Reste un peu. Je disais ça pour te charrier ! Toi aussi, tu bosses demain…

— Oui, mais ce n'est pas pareil. En cours, on dort un peu, parfois… dit-elle en souriant. Toi, tu dois être opérationnel non-stop.

— Je te regardais, pendant le match. C'est pas ton truc le foot, je me trompe ?

— T'as raison !

— Et mes amis, pas trop ton style… Ne dis rien. Tu es restée. J'apprécie. Dis-moi, Julie, tu n'aimes pas le foot. En revanche, tu aimes la musique. Tu es brillante, ambitieuse. Humaniste, bienveillante et pas encore capitaliste. Voilà ce que je sais de toi. Mais ta passion, tes passions, c'est quoi ?

— Mes passions… Le cinéma, la lecture et puis…

— Et puis ?

— J'écris un peu, aussi…

Le regard de Vincent s'illumina, comme s'il était parvenu à percer un mystère.

— Enfin ! Nous y voilà ! Je savais bien que tu avais quelque chose de plus… Tu écris quoi ?

— Oh, pas grand-chose… Des petites histoires, comme ça, des choses vécues ou que j'aurais aimé vivre…

— Pourquoi écrire ces choses que tu aimerais vivre, plutôt que les vivre ?

— Il faudrait plusieurs vies pour cela, et puis il y a prise de risque, danger aussi.

— Tu préfères rêver ta vie plutôt que vivre tes rêves… À moins que ta motivation soit avant tout la recherche de liberté absolue ?

— C'est exactement ça ! La liberté.

— Sur ce point, je crois bien qu'on se ressemble toi et moi. Imaginer sans assumer totalement. Sans prise de risque. À croire que tu n'aimes pas vivre dangereusement… Et pourtant, le simple fait d'être en vie est en soi dangereux… Et tu es assise toute seule en face de moi, c'est pas un peu contradictoire tout ça ?

Julie se mit à rire, tout en étant troublée que Vincent parvienne à lui faire dire toutes ces choses qu'elle ne confiait jamais.

— Où est le danger ? Je ne vois pas de danger là, tout de suite…

— Tu viens de faire tomber ton masque. Donc, tu te mets en danger. Parce que tu te livres telle que tu es vraiment. Et cela te rend encore plus belle.

Julie ne dit rien et baissa le regard. Elle se souvint de ses années collège, où elle se trouvait laide, et subissait les moqueries des autres. Vincent lui releva délicatement le menton :

— Non Julie, je le pense, vraiment. Belle à intérieur et belle à l'extérieur. Tu mérites d'accomplir de grandes choses. Et d'être heureuse. Tu te rends compte de ce que tu viens de dire ? Tu écris !

— Et ?

— Imagine… Toi, tu écrirais les textes et moi, je composerais.

— Pourquoi parles-tu au conditionnel ?

— Parce qu'il faut juste imaginer. On sait bien que ça n'arrivera pas.

— Mais pourquoi cela n'arriverait pas ?

— Parce que toi, bientôt cadre supérieure, tu rentreras tard et tu auras d'autres préoccupations. Tu rejoindras ton petit mari, qui, comme toi, sera aussi cadre supérieur. Ou peut-être chef d'entreprise. Tu seras meilleure que lui, mais il sera toujours un cran au-dessus de toi. Parce que c'est un homme et que le système est ainsi fait. Et moi, le petit ouvrier, je serai bien loin de toi. Parce que dans ce même système, on ne change pas de caste comme cela. Ce fossé qui nous sépare aujourd'hui, demain ce sera un monde !

— Arrête avec tes clichés ! soupira Julie.

— Ce ne sont pas des clichés. Toi, tu es ambitieuse, intelligente et tu as tout pour réussir. Moi je n'ai aucune ambition professionnelle, je veux vivre au jour le jour. D'amour et d'eau fraîche, comme on dit.

— Je comprends ce que tu veux dire.

— Julie, tu te rappelles le cadran de la montre ? Il est presque huit heures sur l'échelle de cette année scolaire. Quand l'aiguille sera sur le douze, ta vie d'ici sera finie. La trotteuse ne s'arrête jamais. Elle n'accélère pas, mais ça va vite... Alors, ferme les yeux et imagine. En imaginant, on vit un bout de quelque chose. On se fait du bien sans se faire du mal. Demain est un autre jour.

Vincent marqua un silence.

— Il est tard, tu veux rester là pour dormir ? proposa-t-il.

Julie n'était pas trop à l'aise, mais le jeune homme, de nouveau, fit preuve d'empathie. Un vrai gentleman. Il lui prêta un t-shirt pour la nuit. Ils s'endormirent comme deux bébés, blottis l'un contre l'autre. L'université était sur le chemin de Vincent, le lendemain matin. Juste avant de quitter sa chambre, Julie avait discrètement subtilisé quelques gouttes de son parfum Fahrenheit pour les déposer dans le creux de son poignet. Un peu aussi sur son étole pour garder l'odeur. La mémoire des odeurs était pour elle une indéfinissable source de réminiscence.

Il l'accompagna et l'embrassa tendrement à l'entrée de la cour.

— Et maintenant ? interrogea Julie.

— Et maintenant, je te regarde partir. Parce que tu es belle, encore et toujours. Je continuerai à te suivre du regard jusqu'à ce que tu disparaisses de mon champ de vision. Je suis au présent, Julie. Je ne fonctionne pas au futur.

— Moi j'aime bien imaginer le futur proche. Alors au revoir, Vincent. Et, peut-être, à une autre fois.

— Julie, tu sais bien que je ne suis pas quelqu'un pour toi… Je ne suis pas fait pour les choses sérieuses. Je risquerai de te décevoir. Je veux que tu restes ma petite étoile. Celle qui fait briller mon regard quand je la croise. Celle qui arrive alors que je ne l'attends pas. Je ne veux pas qu'on s'attende l'un l'autre. Pas de contrainte. Quand la séduction cesse, les filtres tombent, la parole se libère : c'est la fin des belles histoires. C'est tellement plus beau de vivre dans l'inattendu, tu ne trouves pas ?

— Je sais, Vincent, je sais bien comment tu vois les choses.

— Alors que penses-tu de laisser faire le hasard ? Il est huit heures passées sur notre échelle. Cela nous laisse une chance !

— Tu sais bien qu'il n'existe pas !

Julie n'attendait rien de Vincent. Elle savait pertinemment qu'il faisait partie de la « parenthèse » Périgueux et cela n'allait pas durer. Une relation intense, fulgurante et éphémère.

Pourtant, elle ressentait des sentiments étranges, un attachement grandissant, inéluctable. Elle était sa « petite étoile ». Lui était son soleil. Et elle avait un peu de lui dans le creux de son poignet et sur son étole. Fahrenheit.

Non loin de là, elle avait aperçu Éric. Il lui sembla qu'il était accompagné de son ex, Léa. Ils avaient l'air très proches, très complices. Mais elle n'était pas sûre de ce qu'elle avait vu. Éric s'approcha d'elle :

— C'est ton mec qui vient de partir ?

— Pourquoi tu me demandes ça ?

— Comme ça, pour savoir… C'est pour cela que tu m'as repoussé l'autre soir ?

— Non, ce n'est pas pour ça…

— Il est étudiant ? Je ne l'ai jamais vu ici…

— Non, il bosse. Laure n'est pas avec toi ?

Éric regarda ironiquement autour de lui.

— Ben non, tu vois bien qu'elle n'est pas là ! On n'est pas marié, tu sais… Et encore heureux !

— Comme tu dis…

Julie ne supportait pas le personnage prétentieux et moqueur qu'incarnait Éric. Persuadée qu'il jouait avec les sentiments de Laure, elle se sentait totalement impuissante. Le soir, à la colocation, Laure se confia à elle :

— Il faut que je te parle de quelque chose, Julie.

— À propos d'Éric ?

— Indirectement, oui… Voilà : j'ai du retard. Deux semaines. Je vais faire un test de grossesse ce soir. Ça me fait un peu flipper.

— Quoi ? Tu es sérieuse ? Tu veux dire que vous ne vous êtes même pas protégés ? Mais vous êtes complètement inconscients !

— Ça va, Julie, c'était juste la première fois… Au D3, je ne m'attendais pas à ça !

— Mais Laure, sérieux, tu débloques complètement ! Tu ne le connais pas bien, ce mec !

— Qu'est-ce que tu veux dire ?

— Rien. Juste que c'est dangereux d'avoir des rapports non protégés.

— Tu crois qu'Éric va voir ailleurs, c'est ça ?

— Je ne crois rien. Mais tu ne peux pas lui faire une confiance aveugle alors que tu le connais à peine. Je t'ai déjà dit que je ne le sentais pas…

Le test était négatif et Laure fut soulagée. Elle envisageait désormais des rapports protégés mais redoutait la réaction d'Éric. Il avait gagné une telle emprise sur elle qu'il lui était devenu difficile de lui refuser quoique ce soit. À l'IUT, il continuait de cacher leur relation. Et en parallèle, il affichait aux yeux de tous sa complicité avec Léa. Les populaires du BDE tenaient à préserver leur image, à rester sous les feux des projecteurs. Cela devenait pesant à gérer pour Laure. Aussi, elle décida de prendre ses distances. Ne plus passer le voir chez lui, attendre – peut-être – que ce soit lui qui franchisse le premier pas. Et, pourquoi pas, refuser ses avances. Apprendre à lui dire non. Résister à son irrépressible attirance.

Les week-ends procuraient toujours une véritable respiration aux deux amies. Le passage dans leur monde d'avant, deux jours par semaine, était une source de réconfort qui les ressourçait. Les retours à Périgueux impliquaient un cocktail de sentiments contradictoires mêlés : une liberté retrouvée, le bonheur d'être ensemble, l'ambiance des soirées étudiantes, mais aussi l'approche des partiels pour l'obtention du diplôme et une impression d'accélération du compte à rebours. Les derniers mois étaient passés à vitesse éclair. Pourtant, la trotteuse sur le cadran de la montre parcourait les secondes avec une régularité millimétrée. Il était déjà dix heures à l'échelle de l'année scolaire. À douze heures, tout s'arrêterait. La parenthèse Périgueux s'achèverait définitivement. Plus que jamais, le temps était compté.

— Julie, cela fait plus de deux semaines que je n'ai pas vu Éric. Enfin, en privé, tu vois ?

— Oui, je vois bien… Et ?

— Eh bien, je ne comprends pas à quoi il joue. Il me manque trop. Je voudrais aller chez lui, mais je ne sais pas si c'est une bonne idée.

— Que veux-tu que je te dise ? Tu sais bien ce que je pense de lui…

— Tu crois que je ne dois pas y aller ?

Julie haussa les épaules.

— Je pense que tu mérites bien mieux. Maintenant, il ne faut pas que tu aies des regrets. Alors à toi seule de décider !

Laure interpréta ces propos comme une bénédiction de son amie pour se rendre chez Éric. Julie l'accompagna jusqu'à mi-chemin.

— Bon courage, ma Laure ! Et n'oublie pas : je serai toujours là pour toi !

Julie prit un autre chemin pour rentrer à la colocation. Elle aperçut Léa dans la rue. Elles se saluèrent brièvement, à distance. Elle ne put s'empêcher de penser qu'elle sortait de chez Éric. Laure, quant à elle, sentait son cœur s'emballer lorsqu'elle sonna à la porte. Un malaise la parcourait dans le même temps. Éric l'avait totalement ignorée ces derniers jours, et c'est elle qui franchissait le premier pas. La dépendance affective avait pris le dessus sur son ego.

— Te revoilà ? Enfin… Tu as failli me faire attendre !

Laure, désemparée, ne dit rien.

— Je rigole, Laure ! Allez, entre ! Tu ne vas pas regretter d'être venue…

Éric l'entraîna immédiatement dans la chambre. Elle n'opposa aucune résistance et assouvit toutes ses attentes. Même les plus inattendues, même les extrêmes. Une fois de plus, elle n'eut la force de lui demander de se protéger. Il aurait pu la rejeter, la renvoyer chez elle. Pour rien au monde, elle n'aurait pris ce risque. Elle préférait prendre celui de tomber enceinte ou d'attraper une maladie. Ou encore celui d'être traitée comme un objet sexuel. Son comportement déviant avait un étrange pouvoir sur elle. Celui d'accroître encore sa dépendance. Même si, parfois, il lui faisait mal. Pour lui, elle était désormais prête à tout. La soumission était totale.

— Éric, pourquoi tu ne veux pas qu'on nous voie ensemble, publiquement ? osa-t-elle enfin lui demander.

— Pour quoi faire ? C'est quoi l'intérêt ?

— Avec Léa, vous étiez un couple et tout le monde le voyait, non ? Vous ne vous cachiez pas ? Alors je ne comprends pas !

— C'est pourtant pas bien difficile à comprendre !

— Oui, je sais, tu veux être discret, garder de bonnes relations avec ton ex, le BDE, je sais tout ça !

— Mais Laure, tu es bête ou quoi ? La réponse, tu viens de la donner : avec Léa, on était un couple. Un couple, tu vois ?

— Et nous, on est quoi, alors ?

— Bon, allez, tu peux te rhabiller et rentrer chez toi ! Allez, tu te dépêches ?

Laure était complètement désorientée avec la désagréable impression de vivre un mauvais rêve.

— Tu veux dire que toi et moi, c'est pas important ? Tu me vois juste pour te soulager et assouvir tes désirs, c'est ça ?

— Ben oui, quoi d'autre ? C'est pourtant clair depuis le début, non ? Tu venais me voir pour quoi ce soir ? Pour me lire des poèmes ?

Laure prit ses affaires sans dire un mot et quitta l'appartement en se retenant de laisser les larmes envahir ses yeux. Inutile de se rabaisser encore. Elle marcha au hasard des rues. Puis se trouva au bord de la rivière, l'Isle. Il faisait nuit noire. Le fond de l'air était glacé. Mais la colère, la honte et l'humiliation le lui faisaient oublier. Là, elle s'agenouilla et se mit à hurler de toutes ses forces. Après s'être probablement assoupie, le froid la ramena à la raison. Elle rentra à la colocation et s'écroula tout habillée sur son lit. Julie dormait profondément dans sa chambre et ne s'aperçut de rien.

Le lendemain, Julie constata l'absence de son amie aux cours. Son regard croisa celui d'Éric, qui traînait encore avec Léa. Tous deux distribuaient les prospectus annonçant la soirée de fin d'année organisée par le BDE. Une salle des fêtes était louée pour l'occasion et la soirée était ouverte à tous, pas seulement aux étudiants de l'université. Éric tendit un prospectus à Julie :

— N'hésite pas à inviter ton mec ! On a besoin d'entrées pour financer la salle et la sono…

— Où est Laure ? Je pensais la voir avec toi ? demanda Julie.

Éric la regarda ahuri, comme si elle venait de poser une question idiote. C'est Léa qui lui répondit :

— Comment veux-tu qu'on le sache ? Et je ne vois pas pourquoi elle serait là, d'ailleurs !

Éric prit Léa par l'épaule.

— C'est clair ! Je ne vois pas ce qu'elle ferait avec nous maintenant ! rétorqua-t-il avant de s'éloigner.

Julie, inquiète, pensa un instant que Laure pouvait être chez Vincent. Cela lui fournissait d'ailleurs un alibi pour se rendre chez lui. Mais avant, elle envisagea de retourner chez elle pour vérifier. En entrouvrant la porte de sa chambre, elle découvrit son amie en travers sur son lit, entièrement habillée. Elle s'approcha et posa sa main sur son visage. Elle était brûlante. Le froid nocturne lui avait provoqué une forte fièvre.

— Ma Laure bois ça ! lui dit-elle doucement en lui tendant un verre d'eau avec un cachet.

Laure était dans un état second. Julie avait compris et épargna à son amie le supplice de lui expliquer l'épisode de la veille.

— Allez, ne t'inquiète pas. Je te donnerai les cours et pour le projet de groupe je m'occupe de tout !

— Merci… Tu es un ange !

— Tu te souviens quand on était en primaire, et après au collège ? Tu ne m'as jamais laissée tomber. Je serai toujours là pour toi, ma Laure. Allez, repose-toi. Je reviens te voir tout à l'heure.

Les partiels approchaient à grands pas. Les deux amies ne rentrèrent pas à Bordeaux les week-ends qui suivirent, pour réviser. Laure sécha pas mal les cours. Elle ne voulait surtout pas croiser Éric. Elle ne put toutefois l'éviter, pendant les examens finaux. Il était encore avec Léa. Lorsqu'il l'aperçut, il entoura Léa en posant sa main sur son épaule. Elle se sentit le courage de soutenir son regard défiant et de lui adresser la parole :

— Salut Éric ! Ça a l'air d'aller pour toi…

— Comme toujours, lui lança-t-il en regardant Léa amoureusement.

— Vous êtes de nouveau ensemble ?

— On a toujours été ensemble, qu'est-ce que tu crois ! répondit Léa, narcissique et provocatrice.

— Sérieux ? interrogea Laure, ravalant sa salive.

— Ne me regarde pas comme ça, ahurie ! Tu sais, je suis au courant de tous les détails croustillants… Mon chéri me dit tout ! Absolument tout ! ajouta Léa avec un air jubilatoire.

— Demande à ton amie Julie, elle est bien placée pour le savoir ! répliqua Éric. Elle ne t'a jamais rien dit ? Elle aurait pu, quand même !

Laure tourna les talons, submergée par la colère et l'humiliation. Sa meilleure amie aurait trahi sa confiance. Cette idée lui était insupportable.

À l'échelle de cette année scolaire, il était désormais onze heures. Très vite viendra le moment de remettre les clés de la colocation pour Laure et Julie. Avant, il y avait la dernière grande soirée organisée par le BDE. Depuis la discussion avec Éric et Léa, Laure n'avait plus adressé la parole à celle qui était son amie depuis tant d'années. Elle ne faisait que ressasser les avertissements de son amie à l'égard d'Éric. Il est vrai que Julie l'avait incitée plusieurs fois à prendre ses distances, à se protéger pendant les rapports. Aussi, elle était persuadée que Julie était au courant de tout. Elle aurait certainement caché la vérité pour la protéger, mais Laure voyait cela comme une trahison. Quand on est amies, on doit tout se dire. Tout. Et Julie avait enfreint la règle.

Les deux amies se rendirent à la soirée séparément. Lorsque Julie aperçut Laure, celle-ci était déjà dans un état lamentable. Aguicheuse, elle portait une tenue provoquante et adoptait une posture qui ne lui ressemblait pas. Toujours un verre à la main, elle se donnait en spectacle sur la piste de danse, faisant en sorte que Éric ne soit jamais trop loin. Lui faisait preuve d'une méprisante indifférence. Le couple phare qu'il formait avec Léa était plus que jamais uni. Julie observait la scène, dépitée, impuissante.

Mais lorsque Laure rejoignit la sortie de la salle en titubant, elle la suivit. Lorsqu'elle se courba en avant, malade à en crever à cause de tout cet alcool, elle s'apprêta à l'aider. En la relevant, Julie sentit une force à ses côtés qui permit de remettre Laure sur pieds et de la retenir. C'était Vincent. Ses yeux bleu clair transperçaient l'obscurité. Julie en frissonna.

— Il était temps, dit simplement Vincent. Le hasard joue parfois des tours. Et il n'est pas loin de minuit, me semble-t-il. Au sens propre comme au sens figuré.

Julie sourit, touchée par le double sens des paroles de Vincent.

— Le hasard n'existe pas, tu le sais bien.

— Évidemment que je le sais.

Pragmatique, il regarda Laure qui ne pouvait rester dans cette posture.

— Bon, on fait comment ? Il nous faut une voiture pour la ramener… Je suis venu avec David. Je vais lui demander s'il peut nous déposer.

David conduisit Laure et Julie chez elles, avec Vincent qui choisit de rester avec les filles. Laure n'était pas loin du coma éthylique, à moitié endormie et incapable de se tenir debout. Il la porta jusqu'à sa chambre, lui retira ses chaussures et l'installa dans son lit. Julie nettoya le visage de son amie. Elle dormait profondément. Vincent et Julie s'installèrent dans le salon.

— In extremis. On a bien failli ne plus se croiser ! dit Vincent. Tu pars quand ?

— On rend les clés dans trois jours. C'est passé tellement vite. Il y a moins d'un an, cette ville m'était totalement étrangère. Les rues, leur ambiance me sont devenues familières. Je la trouvais belle, cette ville, finalement. La liberté, les bons sentiments, la vie étudiante : tout ceci rend belles les choses les plus ordinaires.

— Dois-je en déduire que je fais partie de ces « choses ordinaires » ?

— Bien sûr que non ! Tu as croisé mon chemin, et tu resteras le rayon de soleil de mon année à Périgueux.

— Et toi ma petite étoile. Mon ange gardien. Grâce à toi j'ai compris que je n'étais pas un bon à rien.

— Toi aussi tu m'as fait comprendre beaucoup de choses. Je ne l'oublierai pas cette année !

— Tu vois, là on parle presque au passé. Dans moins de trois jours, Périgueux, et moi avec, nous ferons partie de ton passé. Mais n'oublie jamais ça, Julie : quoiqu'il advienne, notre histoire n'appartient qu'à nous, à personne d'autre que nous. Et personne ne viendra nous la voler.

Julie ouvrit la fenêtre, et laissa le store en bois baissé. Puis elle se blottit contre lui.

— Regarde, Vincent, ce volet. On faisait ça parfois avec Laure. Ferme à moitié tes paupières et concentre-toi sur le bois du store. Écoute le bruit des voitures. Et imagine. Ce n'est pas le store en bois grinçant d'un petit appartement d'étudiantes à Périgueux : c'est du bois exotique, on est sous les tropiques. Il fait chaud, d'ailleurs. Et les voitures, ce ne sont pas des voitures : imagine, c'est le va-et-vient des vagues. Tu les entends ?

Vincent accepta de se laisser prendre au jeu.

— Profitons de ces dernières minutes. Dans moins de trois jours, tout s'évanouira.

— Tu parles comme si…

Vincent plaça sa main devant ses lèvres.

— Chhhut ! Ne dis rien. Je sais. Ce soir, je ne veux que du bonheur. On n'est pas là pour penser à demain. Demain est un autre jour. Aujourd'hui est un cadeau.

Julie pensa à ce moment précis aux dernières lignes d'un roman[1] qu'elle avait lu, lorsqu'elle était enfant :

Demain, demain seulement, on pensera à la vie, à la mort, et pourquoi on vient sur terre. Pour l'instant, ayons l'air d'être ailleurs. Je leur dirai que j'ai rêvé.

Pour que les minutes durent longtemps, et pour que demain arrive le plus tard possible, tous deux parlèrent une bonne partie de la nuit. Ils s'endormirent probablement sans s'en apercevoir, collés l'un à l'autre.

Vincent se leva en premier. Il se dirigea vers la chambre de Laure qui émergeait à peine, un verre d'eau à la main.

— Vincent ? Que fais-tu là ?

— On t'a raccompagnée hier soir. Tu ne te souviens pas ?

Laure hocha la tête et poursuivit :

— Tout ce dont je me souviens, c'est d'Éric qui s'est fichu de moi pendant une bonne partie de l'année. Et que Julie était au courant de tout. Ça, je ne peux pas l'accepter !

— Arrête, Laure. Julie n'était au courant de rien. Éric et Léa ont manipulé tout leur petit monde. Ils se croyaient malins et sont aussi pervers l'un que l'autre.

— Comment ça ?

— Parle avec Julie. Elle t'expliquera. Elle a toujours été de ton côté. Ne te trompe pas de coupable ! Le seul salaud dans l'histoire, c'est Éric. Et Léa, elle vaut pas mieux !

Laure réfléchit un instant, puis reprit :

— On part bientôt, tu sais ?

— Oui, Julie m'a dit. Je vais vous laisser préparer votre départ. Tu viendras me voir, après, à Périgueux ?

Laure sourit à son vieil ami.

— Promis.

---

[1] *Le garçon sur la branche*, Bernard Mesguich

Avant de partir, Vincent chuchota quelques mots dans l'oreille de Julie qui dormait profondément.

— Adieu, ma petite étoile... Ou plutôt au revoir... Imagine... Un jour, peut-être, tu penseras à moi, à notre vieille histoire. À nos délires. À nos rêves fous. Et tu penseras tellement fort à tout cela que l'on se croisera, par hasard, sur une place, où ailleurs, au beau milieu de la foule. Mais nous savons tous les deux que le hasard n'existe pas. Julie esquissa un sourire. Vincent quitta l'appartement.

Il ne restait plus beaucoup de sable dans le sablier. Julie ne reverrait plus Vincent avant son départ. Elle se réconcilierait avec Laure. Toutes deux rendraient les clés de l'appartement, la gorge serrée. Elles reprendraient le chemin de la gare. Elles se retourneraient une dernière fois pour regarder cette ville. Belle à leurs yeux, et devenue si familière. Pourtant, elles allaient redevenir des étrangères à ces lieux. Elles allaient entendre une dernière fois les bruits de la gare de Périgueux. Julie respirerait profondément le parfum résiduel de Fahrenheit sur son étole. Puis elles monteraient toutes les deux dans ce train. Aller simple, cette fois. Elles salueraient les têtes connues. Mais sans leur dire qu'elles disparaîtraient bientôt du décor, aussi soudainement qu'elles étaient apparues quelques mois plus tôt.

Vous êtes arrivés en gare de Bordeaux. Merci de vérifier que vous n'avez rien oublié dans le train.

Les quatre notes de piano de la SNCF sonnèrent le gong. Nouvelle rupture de l'espace-temps. Laure et Julie étaient passées dans le monde d'après. Pas de retour possible sur la parenthèse périgourdine. Elle resterait gravée, mais fermée à jamais.

Les deux amies, dans leur imagination, avaient toujours envisagé que leurs deux mondes parallèles ne se rencontreraient pas. Pourtant, lorsque Laure ouvrit sa valise, sur le quai de la gare, avant de laisser son amie suivre sa route, elle en sortit un objet témoin de l'existence de la parenthèse. Il avait réussi à passer dans l'autre monde après la bulle spatio-temporelle du train.

— Tiens, c'est pour toi, lui dit-elle en lui remettant en main un objet emballé dans du papier.

— Qu'est-ce que c'est ? demanda Julie.

— Ce paquet a été déposé la veille de notre départ dans la boîte à lettres. Par quelqu'un qui savait que l'on partait le lendemain et qui m'a demandé de te le remettre une fois à Bordeaux seulement.

Julie ouvrit le paquet. Elle fut bouleversée. C'était le flacon, presque terminé, de l'eau de toilette de Vincent. Fahrenheit. Elle retira le bouchon pour sentir cette douce fragrance, certaine qu'elle lui rappellerait jusqu'à son dernier souffle ces moments magiques. Un petit mot accompagnait le flacon :

Tout le sable est passé maintenant. À toi de retourner le sablier pour écrire la suite. Et n'oublie jamais que tu seras toujours ma petite étoile.

Laure et Julie n'avaient plus qu'à tracer leur chemin, désormais.

Pour Julie, ce serait l'Angleterre. Ses craintes n'étaient plus qu'un lointain souvenir. Plus que jamais, elle voulait découvrir d'autres horizons. Se lancer vers l'inconnu. Pour Laure, le choix se porterait vers une entrée dans la vie active, ou, peut-être une réorientation. Un bel avenir pour toutes les deux, sans aucun doute.

Métronome et chemins de traverse
Partie 1

C'était la Toussaint. Un homme sortit de chez le fleuriste avec un pot de chrysanthèmes. Ceux de la tombe, lors de son passage la semaine passée, étaient bien défraîchis. Plus de feuilles et des fleurs totalement fanées. Un mois déjà que sa compagne avait quitté ce monde. Cruellement emportée, si jeune, si vite. Il parcourut les allées du cimetière. Puis il saisit un petit râteau pour aérer la terre, avant de s'apprêter à disposer le chrysanthème dans la jardinière. Mais lorsque son regard se porta instinctivement vers l'autre plant, bien mal en point quelques jours plus tôt, ce qu'il vit le pétrifia, puis le subjugua : il était en fleur, de nouveau. Un sentiment de paix intérieure l'envahit. Il ferma les yeux. Le visage de sa bien-aimée parcourut ses pensées. Si douce, si forte mais si fragile à la fois. Il replaça le plant acheté chez le fleuriste dans son pot d'origine, puis arrosa celui qui, de toute évidence, avait choisi de survivre. Il en coupa les parties fanées et ajouta un peu de terreau.

Une chance sur six cent vingt-trois. C'était la probabilité de perdre la vie après avoir été renversé par une voiture. Statistiquement plus risqué que de mourir frappé par la foudre – une chance sur quatre-vingt-un mille sept cent un – mais bien moins que de décéder après un empoisonnement accidentel, une chute, ou encore un infarctus ou un cancer.

***

Saint-Émilion, un mois et quelques jours plus tôt.

Les mariages d'amis faisaient partie de ces moments suspendus qui mettaient entre parenthèses la routine quotidienne. Changement de rythme, rencontres, émotions, part d'inattendu : Julie, cadre dans le domaine des assurances, voyait dans ces événements des sortes de chemins de traverse qui tranchaient avec les prévisions mathématiques de son travail et le métro-boulot-dodo. Le mariage de Jérôme et Nathalie était de ces journées qu'on n'oublie pas. Une rupture avec le rythme millimétré des semaines, où les heures semblaient durer des jours qui ne demandaient qu'à être prolongés.

L'été indien était au rendez-vous dans le Libournais. Les vendanges étaient passées et les feuilles de vigne allaient bientôt se colorer de jaune vif, de rouge carmin et même de pourpre. Ces teintes se marieraient à merveille avec la pierre girondine de la propriété. Les vallons se dessinaient en arrière-plan, avec le magnifique village de Saint-Emilion. L'automne, qui s'amorçait, était définitivement la plus belle des saisons.

Nicolas rejoignit Julie pour la célébration qui eut lieu en fin de matinée dans la propriété, près du pigeonnier qui offrait une magnifique vue panoramique sur les vignobles. Les mariés savaient que ces journées-là passaient trop vite et avaient décidé que les festivités démarreraient dès le matin pour s'achever tard dans la nuit. Après l'échange des consentements, la mariée jeta son bouquet en regardant vers le ciel, avec force et grâce à la fois. Il atterrit dans les bras de Julie. À côté d'elle, un homme, accompagné d'une jolie femme, se tourna en sa direction en s'adressant à elle et Nicolas :

— On dirait bien que vous serez les prochains !

Nicolas enlaça Julie tendrement. Julie n'avait aucune envie de se marier. Du moins, pas maintenant. Elle avait le temps. L'idée de réunir à son tour ses meilleurs amis, ses proches, la séduisait, mais l'engagement du mariage ne l'emballait absolument pas.

— Pardon, nous ne nous sommes pas présentés : Chloé, ma femme, qui est aussi la sœur du marié. Et moi je suis Xavier.

— Enchantée. Moi c'est Julie. Et mon compagnon, Nicolas. Nous sommes des amis du couple.

Les mariés, pour savourer chaque instant, avaient choisi un format original : pas de plan de table pour le brunch proposé en guise de déjeuner. Les invités pouvaient boire le champagne près des rangs de vigne, déguster des toasts ou même des huîtres près du pigeonnier et partager le buffet et le dessert dans un canapé à l'ombre de la bâtisse.

Le monde se dispersa après la célébration. Nicolas entama une conversation avec un homme qu'il avait vraisemblablement déjà croisé dans le cadre professionnel. Un partenaire, probablement. Leur discussion s'articulait autour de leurs métiers respectifs : monde de la finance, évolution professionnelle, aspect « politique » des relations de travail lorsqu'on atteint de hauts niveaux de responsabilités. Le mot « politique » revenait presque à chaque phrase. Julie saisit sa coupe de champagne et un toast pour combler l'ennui. La discussion soporifique cessa définitivement d'attirer son attention lorsque l'orchestre prit place pour accorder les instruments et régler le son.

En contrebas du pigeonnier, vers la scène installée devant la propriété, on pouvait deviner une batterie, un piano, une guitare. Puis une chanson. Des frissons traversèrent le corps de Julie tout entier lorsque la voix douce et suave du chanteur franchit une octave pour le refrain. Cette voix de velours aux variations éraillées dans les notes les plus aiguës, d'une infinie justesse, cette sensibilité, le choix de la chanson « I started a joke », le doute n'était plus permis : c'était Vincent. Son premier amour, cet homme sensible, écorché vif, trop instable, trop différent pour envisager un avenir. Une relation sans lendemain. Deux êtres qui rêvaient ensemble mais ne pouvaient rien construire. Des ambitions diamétralement opposées. Lui se contentait de presque rien et vivait au jour le jour. Elle, carriériste bienveillante, demeurait attachée à la réussite matérielle et au statut social. Doté d'une exceptionnelle intelligence émotionnelle, il la comprenait mieux que personne ; mélomane surdoué, il était, comme elle, un peu artiste. Dans ces moments-là, Julie occultait les travers de Vincent pour ne se rappeler que le meilleur. Pour croire aussi qu'il demeurait, peut-être, sa plus belle histoire.

— Nico, je vais chercher un verre. Tu veux quelque chose ?

— Oui, je veux bien une coupe – il regarda son voisin qui lui fit un signe d'approbation –. Deux coupes, s'il te plaît. Merci ma chérie. Tu es un ange, lui répondit-il avant de lui tendre la main pour l'attirer à lui et l'embrasser.

Tout ce qui l'entourait, les invités qui discutaient, le décor, les buffets semblaient se flouter comme dans un rêve. Guidée par la voix qui chantait « leur » chanson et semblait l'appeler, la jeune femme se dirigea vers les musiciens. Comme sa relation passée avec Vincent, la scène paraissait irréelle. Des années s'étaient écoulées depuis leur séparation. Aux premières loges, le son était surprenant de pureté sur les couplets. Mais lorsqu'il montait dans les notes du refrain, l'émotion atteignait des sommets, au-delà des frissons : des picotements dans les yeux écarquillés avec de petites larmes de bonheur naissantes.

Sur le bord de la scène, ils parlèrent longtemps, comme de bons vieux amis qui, même plusieurs années après, se comprenaient toujours sans forcément se regarder. Julie vécut ces minutes comme un moment hors du temps. Un truc qui n'existe pas normalement, dans la vraie vie.

— Tu te souviens, Julie ? Un jour, tu m'as dit quelque chose qui m'a fait comprendre que je n'étais pas un bon à rien. J'étais peut-être un simple ouvrier, mais je pouvais tirer mon épingle du jeu. Et aussi, tu me trouvais un certain talent dans la musique.

— Oui, c'est vrai, j'ai toujours pensé cela, en effet. Et ?

— Eh bien, je ne te remercierai jamais assez. Allez, je te laisse deviner ce que je fais maintenant…

— Je ne sais pas, moi… Tu as suivi une formation ? Tu as repris les études ?

— Plus ou moins, si on veut… Allez, je te le dis : j'étais ébéniste, tu te rappelles ? Et musicien, comme tu sais, à mes heures perdues. Joli cocktail : je suis luthier maintenant. Et à mon compte, s'il vous plaît !

Le regard de Julie s'illumina.

— C'est génial ! Alors tu es ton propre patron… Bravo !

— Je te le dois tout ça. Tu as été la première personne à croire en moi. Et à me convaincre qu'on peut être patron et rester quelqu'un de bien ! Alors merci Julie d'avoir croisé mon chemin. Même quand tu es partie, tu es toujours restée ma petite étoile. De là où tu étais, tu as su me guider.

— À croire qu'on est connectés tous les deux !

— Peut-être bien… Tu te rappelles, quand je t'avais dit qu'on se croiserait sur une place bondée « par hasard ». Je n'étais pas très loin !

Vincent esquissa un sourire. Julie ne pouvait s'empêcher de s'interroger, mais sans oser le lui demander : lui arrivait-il de penser à elle, parfois ? Et ce jour, à ce mariage, dans quel état d'esprit était-il lorsqu'il choisit de chanter cette chanson ? Elle ne croyait pas au hasard. Aussi, elle avait envie de croire qu'elle et lui étaient effectivement « connectés ».

— Passe une belle soirée, ma petite étoile. Je te souhaite le meilleur. Profite et surtout : n'oublie pas d'être heureuse !

Julie et Vincent se quittèrent en s'enlaçant amicalement. La jeune femme savait qu'il avait compris. Son apparence de femme heureuse et épanouie camouflait une douce mélancolie. Aussi, elle ressassait les mots qu'il lui avait murmurés avant qu'ils se quittent, quelques années plus tôt :

Notre histoire n'appartient qu'à nous, et personne ne viendra nous la voler. Personne.

Il avait raison. Quoiqu'il advienne, il était là avant Nicolas et rien ne pourrait changer cela. Le passé était gravé à jamais.

En chemin vers le pigeonnier pour rejoindre Nicolas, elle marchait lentement le long des vignes. Elle profita de ces minutes de solitude pour inspirer profondément et s'imprégner de cette atmosphère. De loin, elle observait tout ce monde et le brouhaha qui se rapprochait. Les groupes qui se formaient semblaient reproduire un microcosme social semblable à celui qu'elle vivait dans son quotidien. Opportunisme avec l'ambition d'étendre son « réseau » relationnel, besoin de monopoliser la conversation pour certains, de jouer sur les apparences pour d'autres, mais aussi sincère joie d'être ensemble pour la plupart, à l'image du couple adorable que formaient les jeunes mariés.

Cela lui rappelait le rythme millimétré de ses semaines. Tel un métronome, celles-ci s'enchaînaient et se ressemblaient. Analyste risque dans une grande compagnie d'assurances, elle excellait dans l'analyse des données et l'étude des probabilités au profit de l'établissement de prédictions. Les mathématiques statistiques et les probabilités constituaient un de ses domaines de prédilection. Elle trouvait jubilatoire l'idée que le passé permette de prédire l'avenir. Ce principe demeurait en outre juste et équitable pour estimer le montant des primes d'assurances en fonction du risque encouru. Pour le client, et pour la compagnie. Julie pensait à ses semaines : les réunions du lundi, les longues pauses café où l'on se raconte sa vie ou plutôt des morceaux choisis. Les remarques parfois caustiques de certains comme des « tu pars déjà ? » pour signaler sans discrétion de départ de certains collègues. Le soir, elle était souvent seule en raison des déplacements fréquents de Nicolas à Paris. Un temps de liberté et de lâcher-prise lui était offert. Elle pouvait visionner en soirée un bon film, rire aux éclats ou pleurer à chaudes larmes en laissant au placard son extrême pudeur. Les jours de la semaine se suivaient sans originalité entre réunions et rapports d'activité. Le vendredi tranchait toutefois en laissant entrevoir l'arrivée du week-end ; pour apporter une ambiance de détente dans ce milieu austère et feutré, la direction avait adopté une tendance empruntée aux États-Unis, le « Friday Wear » : chacun pouvait se vêtir en tenue décontractée, oublier les codes politiquement corrects du costume-cravate ou du tailleur. Julie, tout comme un de ses collègues et ami, trouvait cette mode stupide, grégaire et sans intérêt. Elle avait opté pour une tenue « passe-partout » adaptée en toutes circonstances. Comme en ce jour de mariage, d'ailleurs : joliment apprêtée, mais sobre et sans excentricité.

C'est autour du buffet installé près des rangs de vigne qu'elle croisa de nouveau Chloé, la sœur du marié. L'alchimie fut instantanée. Les ingrédients d'une belle amitié naissante étaient réunis : un accord parfait sur les sujets abordés, l'impression de se connaître tant les regards et expressions leur suffisaient pour se comprendre.

Julie, pourtant, redoutait déjà le côté éphémère de ces rencontres : une fois la parenthèse spatio-temporelle refermée, chacun retournerait chez soi. Le rythme du quotidien engloutirait les bonnes intentions et les promesses de se revoir. Les jours, les semaines défileraient de nouveau à une vitesse effrénée. De ces rencontres, il ne resterait qu'une sensation de fulgurance et, peut-être, un vague souvenir.

Peu avant l'ouverture du brunch, Chloé avait prononcé un émouvant discours destiné aux jeunes mariés. Elle cita Jacques Brel qui mettait un point d'honneur à savourer chaque instant, et conclut, émue :

« Croquez la vie et n'oubliez jamais cela : on ne vit que deux fois ! ».

Sur ces mots, et avant de se diriger vers sa nouvelle amie d'un jour, elle fit un signe de la tête à l'orchestre. Le signal fut donné aux musiciens de jouer la bande originale du film de James Bond « We only live twice », un des préférés de Jérôme et Nathalie.

— Dis-moi, Julie, quels sont tes rêves ? Qu'est-ce qui fait que chaque jour qui se lève, tu sais pourquoi tu es sur cette Terre ?

— Je ne sais pas... Même si je rêve beaucoup, je veux dire, je m'évade, je laisse libre cours à mes pensées, quand je suis face à la nature, quand j'écoute de la musique, lorsque je vais au cinéma... Et toi ?

— Mon rêve, mes rêves… Que Xavier, mon mari, soit heureux, savourer chaque moment comme s'il était le dernier. Rien de plus.

Chloé se retourna sur ces derniers mots, pour ne pas montrer à Julie la larme naissante dans le coin de son œil, et saisit deux coupes de champagne.

— Tchin ! reprit-elle. Au bonheur des mariés, à cette merveilleuse journée, à la Vie !

— À la Vie ! répéta Julie. Toi et ton mari, vous pourriez venir à la maison, un de ces jours, ce serait sympa. Dans les mariages, on rencontre toujours des personnes avec lesquelles on noue de vraies affinités. On se laisse avec l'intention sincère de se revoir. Puis il y a la distance parfois, et, pire encore, le quotidien. Et on remet ça au lendemain. Résultat ? On ne se revoit jamais. Ou alors vraiment par hasard.

— Tu as raison. D'ailleurs là est tout le sens de la citation de Brel. Rien ne sert d'attendre. La seule chose importante est de vivre et de savourer l'instant présent. J'aimerais beaucoup que l'on se revoie, moi aussi et je suis certaine que tu t'entendrais à merveille avec Xavier. Seulement, je crains que ce soit compliqué.

Le visage de Chloé s'assombrit.

— Pourquoi ? Vous habitez Bordeaux, pourtant ? demanda Julie.

— Oui, mais là n'est pas le problème.

— Je ne comprends pas.

— Viens avec moi.

Les deux femmes marchèrent vers le petit bois de la propriété, à l'écart des invités. Chloé, après avoir vérifié être à l'abri des regards, regarda Julie d'un air grave qui tranchait avec la femme souriante, rayonnante qu'elle avait perçue jusqu'à ce moment.

Elle saisit doucement sa frange et son joli chignon, tira vers le haut. Julie fut pétrifiée en découvrant que son amie n'avait plus un seul cheveu. Sa jolie coupe de cheveux n'était qu'une perruque.

— Mon Dieu ! fit-elle.

Chloé remit en place la perruque et posa sa main sur l'épaule de Julie.

— Cette dernière chimio était sensée me donner quelques jours, au mieux quelques semaines de plus. C'est tout. J'aurais tout fait pour tenir jusqu'au mariage de mon frère. Maintenant, j'arrête les traitements, on va passer aux antidouleurs. Je n'en peux plus. Ma maladie est irréversible.

— Je ne sais pas quoi dire. Je… je ne savais pas…

— Comment pouvais-tu savoir ? Tu comprends, maintenant. Si l'on se revoit, ce n'est plus la Chloé d'aujourd'hui que tu auras en face de toi. Les choses vont aller vite, je le crains.

— Tu prends cela avec beaucoup de recul, on dirait.

— Je suis prête, Julie. Tout ce que je voulais, c'était être présente pour mon frère aujourd'hui. Même si cela ne se voit pas, je suis à bout de forces. Mais je vais tenir le choc. Demain sera un autre jour.

En écoutant Chloé, quelques phrases d'un vieux roman traversèrent les pensées de Julie :

Demain, demain seulement on pensera à la vie, à la mort, et pourquoi on vient sur terre. Pour l'instant, ayons l'air d'être ailleurs. Je leur dirai que j'ai rêvé.

— Tu vois, Julie, avant de partir, un de mes vœux les plus chers était d'assister à cette magnifique journée, et c'est presque chose faite. Et comme « on ne vit que deux fois », et bien dans ma seconde vie, j'aimerais voir, de là où je serai, un Xavier heureux. Il faudra qu'il tourne la page. On a trente ans, tu comprends ? Pour lui, la vie doit continuer.

— Quelle leçon de vie tu nous donnes !

Lorsque Julie rejoignit enfin Nicolas, il était toujours entouré des mêmes personnes, mais s'était déplacé vers le buffet. La discussion demeurait centrée sur des sujets professionnels. On aurait cru un vieux film avec des hommes qui fument le cigare après un bon repas et qui abordent des sujets qu'eux seuls croient comprendre.

— Et toi, Julie, dis-nous… Nico nous a dit que tu avais une très belle place dans les assurances ? lança un des compagnons de tablée de Nicolas.

— Une très belle place, c'est un peu exagéré… Je suis analyste risque.

— C'est un bon job ! Si tu fais les bons choix au bon moment, tu peux te bâtir une belle carrière avec ce genre d'expérience ! Par contre, il faut accepter de changer de boîte régulièrement : ne jamais rester plus de trois ans dans la même entreprise : c'est la clé de la réussite !

— Personnellement, ce n'est pas vraiment dans mes intentions… Je suis très bien là où je suis et je pense pouvoir évoluer dans ma compagnie.

— C'est dommage… Réfléchis, quand même : moi j'ai fait un « gap » de vingt pour cent dans mon salaire à ma dernière démission. Ça, c'est l'avantage quand tu es repéré par un chasseur de têtes. Je suis dans la gestion de patrimoine maintenant. Encore un an ou deux et après je monte ma boîte !

— C'est bien ! Mais tu vois, perso je préfère rester fidèle à mon entreprise qui me fait confiance depuis le début.

— Tu dis ça, mais n'oublie pas que quel que soit ton poste, tu seras toujours un pion pour ton entreprise ! Il ne faut pas faire de sentiment : si tu as une opportunité de partir pour mieux, il ne faut pas la laisser passer !

— J'ai compris. Merci pour le conseil ! Mais encore une fois, ce n'est pas comme ça que je vois les choses, désolée.

Julie prétexta son assiette vide pour se diriger vers le buffet et se sortir de cette discussion stérile. Nicolas la rejoignit aussitôt.

— Mais qu'est-ce qui te prend ? Tu pars comme ça, tu te désintéresses de la discussion… Tu réalises à qui tu parlais ? Il aurait pu te pistonner, t'aider.

— Mais Nico, je n'ai besoin de rien ! Tout va bien pour moi !

— Je te croyais plus ambitieuse…

— Arrête, s'il te plaît. On est très bien comme ça, non ? Toi, en revanche, si tu veux « faire un gap de vingt pour cent dans ton salaire », reste avec lui, cela ne me pose aucun problème ! Il y a des tas de gens sympas ici avec qui j'aurai des discussions bien plus agréables !

— Ah oui, j'ai remarqué ! Tu préfères parler à des musiciens, par exemple ?

— Je rêve ou tu es jaloux ? Eh bien oui, je préfère parler à des musiciens. Cela me détend. Et puis je te rappelle qu'on est au mariage de Jérôme et Nathalie, pas à un entretien d'embauche ! Alors j'aimerais bien profiter un peu de la journée…

Nicolas reconnut que sa compagne n'avait pas tort. Les mariés appelèrent les invités pour les photos de groupe. Près du pigeonnier, tous prirent la pose à tour de rôle, sous un soleil radieux. Là, Julie se trouva de nouveau près de Chloé qui semblait bien fatiguée.

Pour la soirée, l'orchestre, présent depuis la fin de matinée, laissa sa place au DJ. Entre cocktail, animations, échanges avec Chloé et les mariés, Julie réalisa tardivement que Vincent était parti. Ce n'était pas la première fois qu'ils se quittaient sans se dire au revoir. Elle se blottit dans les bras de Nicolas. Là, une sensation de sécurité, de réconfort l'envahit. Il était agaçant parfois, mais sa présence lui était précieuse, rassurante.

La journée s'acheva tard dans la nuit à l'image de ce qu'elle fut pendant des heures : une parenthèse de joie, de bonheur, de simplicité. Des heures tellement savourées qu'elles semblèrent durer une éternité. Julie ne revit jamais Chloé. Elle apprit le décès de la jeune femme par Jérôme quelques jours plus tard.

***

Un lundi, tout bascula.

Après le mariage de Jérôme et Nathalie, la vie robotisée, millimétrée, avait repris son cours. Comme si le métronome avait été coupé pour un week-end, puis remis en route pour que tout reprenne comme avant. Celui-ci montra néanmoins quelques signes de faiblesse, peu de temps avant ce jour fatidique.

La semaine qui précéda ce lundi où tout bascula, Julie pensait à la prochaine réunion du comité qualité et à son intervention relative à la satisfaction des clients vis-à-vis de la compagnie. Les avis publiés en ligne sur la compagnie étaient mauvais et elle avait besoin de comprendre, pour proposer des solutions. À ce titre, elle avait consacré une demi-journée à un travail en immersion dans le service clientèle de son entreprise. Ce jour-là, et pour la première fois depuis son embauche, ce qu'elle vit la conduisit à remettre en cause tout le professionnalisme de ses collègues et le bien-fondé du système qu'elle cautionnait jusque-là. Elle assista à plusieurs conversations clairement orientées au détriment des intérêts du client. Une discussion fut particulièrement houleuse entre David, un conseiller clientèle, et la gérante d'une petite entreprise assurée.

— Madame, je vous ai déjà expliqué la nature de ces frais. Ils sont justifiés et ne seront pas remboursés. Votre dernier audit n'était pas probant. C'est de votre responsabilité.

— Je ne vois pas quel est le problème avec mon audit. Vous avez cherché la petite erreur et vous l'avez trouvée. Rien ne justifie un prélèvement de sept cents euros sans même que je sois avisée. J'aimerais donc un geste commercial.

— Deux minutes, je vous prie…

David plaça sa main sur le combiné pour discuter du cas avec ses collègues. L'un d'entre eux demanda :

— C'est quoi son numéro de client ?

— Son numéro ? 48 500, répondit David.

— Attends, je regarde… Et mec, laisse tomber ! C'est une petite boîte qui vivote depuis 3 ans… Faut pas se laisser emmerder par des clients comme ça !

David retira sa main du combiné et poursuivit la conversation avec la cliente.

— Madame, nous ne sommes pas en mesure d'effectuer un geste au regard de votre situation. Je regrette. Y avait-il autre chose ?

— Mais enfin, monsieur, comment traitez-vous vos clients ? Vous savez, j'ai entendu ce que vous avez dit à votre collègue. Les petites boîtes comme la mienne vous vous en fichez totalement !

— Je pense avoir expliqué ce qu'il y avait à expliquer. Bonne journée, madame.

— Vous n'êtes définitivement jamais au rendez-vous quand on a besoin de vous !

— Madame, c'est tous les jours que vous avez besoin de nous. Sans notre garantie, vous ne pourriez pas exercer votre profession.

— Et alors ? Cela vous donne tous les droits ? Vous inversez les rôles parce que vous profitez d'un quasi-monopole ! C'est le monde à l'envers !

Julie en avait assez entendu. Elle qui idéalisait un système qu'elle considérait comme juste et équitable, elle qui vouait un profond respect à son entreprise, ressentait à cet instant une sorte de trahison. Ou plutôt, elle se sentait juste naïve de ne pas avoir compris plus tôt la vraie raison de la réputation en ligne désastreuse de son employeur. Elle interpella David après qu'il eut raccroché.

— Vous en avez souvent, des clients comme cela ?

— Julie, on voit bien que vous n'êtes pas quelqu'un du terrain ! Évidemment, on en a ! Tout le temps ! Vous êtes bien du siège, vous, pour poser ce genre de questions !

— Et à chaque fois, vous les traitez de cette manière ?

— Qu'est-ce que vous voulez dire ? demanda David, l'air ahuri.

— Vous savez très bien ce que je veux dire !

— Mais enfin, Julie, on va quand même pas se laisser marcher sur les pieds par ces clients ! Ils veulent tout et ne rien payer !

— Ce n'est pas le sujet, David. Vous vous êtes ouvertement moqué d'elle, vous avez mis en cause sa bonne foi et lui avez montré qu'une petite cliente comme elle, on pouvait s'en passer. Après cela, il ne faut pas s'étonner de ce que nos clients écrivent sur Google !

— Bon, ça va, Julie ! J'ai pas de leçons à recevoir des gens comme vous qui savent même pas ce que c'est qu'un client.

— Très bien, David. Je vous laisse. Le sujet sera abordé au prochain comité qualité lundi.

Elle quitta le service, furieuse, avec l'intime conviction que ce type de conversation entre clients et service clientèle était monnaie courante. De retour chez elle après le travail, elle relata la scène à Nicolas. En tant que directeur de l'audit dans le milieu bancaire, son avis pourrait apporter un éclairage intéressant. Ce dernier, à sa grande stupéfaction, resta focalisé sur les frais prélevés à la cliente :

— C'est normal de prendre des frais quand l'audit n'est pas satisfaisant. La cliente n'avait pas à contester cela.

— Tu plaisantes ? répondit Julie. Elle n'a même pas été prévenue…

— C'est dans les conditions générales ! rétorqua Nicolas.

— Et alors ? Personne ne les lit les conditions générales !

— C'est un tort !

— Arrête Nicolas. C'est une petite entreprise, avoue que c'est abusif comme pratique ! Et puis je suis désolée, mais on ne traite pas les gens comme cela. On a autant besoin des petits que des gros clients !

— Julie, dans les affaires, on ne fait pas de sentiment ! On n'a pas le temps de s'embêter avec des cas comme ça ! On dirait que tu découvres la réalité du business…

— Tu es sérieux ? C'est toi qui parles comme ça ? Mais en fait, t'es comme eux ! C'est bon, je te laisse, je vais prendre l'air ! Mais quel système de merde ! Vous me dégoûtez tous autant que vous êtes !

Julie claqua la porte de l'appartement. Dehors, il faisait encore un peu jour. Dernière semaine avant le changement d'heure. La ville était bien éveillée. Elle mit ses écouteurs, observa les lumières du soleil couchant et marcha au hasard des rues de la ville sans but précis. Les disputes avec Nicolas, bien que rares, distillaient en elle un vrai malaise, elle qui détestait les conflits, quels qu'ils soient. Le temps de quelques heures, ils la plongeaient dans le doute sur le bien-fondé de leur relation. Quelques heures seulement, car les choses rentraient rapidement dans l'ordre après une bonne nuit de sommeil.

Guidée par sa colère, ses pensées divaguaient. Elle se trouvait, déjà, sur les pavés de la place de la Victoire. Les terrasses étaient bondées, d'étudiants surtout. Là, au beau milieu de la foule, son regard croisa celui de Laure. Son âme sœur, sa meilleure amie. Elle ne pouvait pas mieux tomber. Elle lui raconta ses mésaventures.

— Il était temps, Julie !

Julie demeura silencieuse, interrogative.

— Il était temps que tu réalises que le monde de l'entreprise n'est pas si parfait. Et que tu t'interroges, aussi, sur Nicolas.

— Comment ça ? Que veux-tu dire ? Je suis très bien avec Nicolas… C'est tout à fait normal d'avoir des accrochages, dans un couple, non ?

— Évidemment que c'est normal. Mais ta relation avec Nicolas, il me semble, repose beaucoup sur l'apparence que vous donnez d'être le couple idéal. Belles situations, bon train de vie, carrières prometteuses… Mais tout cela ne tient qu'à un fil !

— Arrête, Laure, on a déjà eu cette discussion. Nicolas est quelqu'un de bien.

— Je ne dis pas le contraire ! Mais là n'est pas la question. Es-tu vraiment heureuse ? L'aimes-tu vraiment ? N'est-ce pas le confort de vos situations et l'absence de risque que tu aimes, plutôt ? Elle est où ma Julie d'avant ? Celle qui croquait la vie à pleines dents, celle qui voyageait vers l'inconnu, celle qui avait de vrais rêves ?

— Laure, c'est très simple : ta Julie d'avant, elle a mûri, c'est tout ! On n'a plus vingt ans, voilà tout. Je pense que pour moi c'est le moment d'investir sur ma carrière, et d'ici quelque temps, d'envisager la suite, tu vois ?

— Je vois très bien, oui. J'espère juste que tu feras les bons choix, à tous points de vue ! C'est par amitié que je te dis tout cela. Rien d'autre.

— Je sais, ma Laure, je sais.

— Et puis il faut profiter, aussi, personne ne sait de quoi demain est fait. Vivre un peu comme si l'on allait mourir demain, tu vois ?

— Mais enfin, Laure, on n'a même pas trente ans ! On a le temps !

— Tout le monde peut mourir demain. Même toi. Même moi. N'oublie jamais ça !

Elle savait pertinemment combien Laure avait raison. Le visage de Chloé se remémora soudain à elle. Mais le cocon qu'elle avait bâti avec Nicolas lui apportait tellement. Belle voiture, joli appartement décoré dans le style en vogue, des amis qui leur ressemblaient, vacances dans les destinations les plus en vue, ambitions professionnelles : tout y était. Tout, ou presque. Peut-être leur manquait-il le bonheur, justement. Mais pas celui que l'on fait croire aux autres, fondé sur des apparences. Le vrai, l'authentique. Le bonheur des imprévus, des incertitudes, des surprises. Un peu de mise en danger, aussi. Du piment, des rêves fous. Non réalisables, on s'en fiche. L'important, c'était d'en avoir. Comme le disait Chloé, en citant Brel, l'autre fois, au mariage.

Peu avant de traverser la dernière rue sur le chemin du retour, elle vit un SDF. Tous les jours, elle passait devant lui, et tous les jours, elle l'ignorait. Mais ce soir-là, elle le salua :

— Bonsoir, monsieur.

— Bonsoir, mademoiselle ! lui répondit-il. On dirait que les choses s'arrangent pour vous…

La jeune femme se tut, dubitative.

— Ce matin, vous étiez comme tous les jours : normale, je dirais. Vous êtes revenue énervée. Ça se voyait à votre démarche, à vos yeux aussi. Vous êtes repartie encore plus énervée. Rien n'allait plus. Et là, je vous vois apaisée, souriante. Et pour la première fois, vous me dites « bonjour ».

— C'est vrai ce que vous dites. Vous avez raison. Et toutes ces fois, je vous voyais sans vous regarder. Est-ce que je peux faire quelque chose pour vous ?

— Peut-être bien, oui : un regard, un sourire, un bonjour. Rien de plus.

Julie sourit et lui donna un peu d'argent.

— Promis. Vous pouvez compter sur moi. Au revoir, monsieur.

— Merci mademoiselle. À demain !

Drôle de journée. Nicolas fut heureux de retrouver sa compagne. Il s'abstint de l'interroger. Elle avait droit à une bouffée d'oxygène et de liberté, elle aussi. Pour marquer la trêve et l'apaisement ambiant, il avait préparé un bon repas et servi l'apéritif.

— Mais on est jeudi !

— Et alors ? C'est interdit de prendre un verre en semaine ?

Julie fut agréablement surprise de cette entrave à leurs habitudes. Normalement, l'apéritif, c'était le vendredi pour marquer la fin de la semaine de travail.

Les week-end, le couple avait coutume de marcher le long de la lagune du Mimbeau, au Cap Ferret, après avoir dégusté quelques huîtres et un verre de Graves blanc. Le mauvais temps les dissuada. Julie proposa à Nicolas de changer la disposition de leurs meubles, pour donner une autre dimension à leur appartement. Un peu de changement, cela faisait du bien.

— Viens, Nico, lui dit-elle en quittant la pièce remodelée à leur goût.

Elle se plaça juste à l'entrée de la pièce.

— Maintenant, ferme les yeux. Imagine la déco d'avant.

Nicolas s'exécuta.

— Et maintenant, ouvre les yeux ! Alors ?

Il était emballé. Il se demandait même pourquoi ils n'avaient pas eu cette idée plus tôt. Leur pièce à vivre était bien mieux disposée ainsi avec un espace optimisé et chaleureux. Ils pourraient inviter leurs amis, le week-end suivant.

Le dimanche fut à l'image de tous les autres dimanches. Journée sans grand intérêt dont la monotonie fut accentuée par le passage à l'heure d'hiver. Julie attendait le moment fatidique où Nicolas glisserait sa petite phrase dominicale :

« Ça passe vite un week-end ! ».

Ces mots plombaient l'ambiance. Le dimanche après-midi devrait être supprimé des calendriers pour éviter ce fichu spleen. Au lieu de profiter du temps présent, ces quelques heures étaient consacrées à penser au lendemain qui approchait inéluctablement. Tous deux ignoraient toutefois qu'il eut été bon d'en profiter davantage.

***

Le lendemain fut le jour où tout bascula.

Ce lundi-là démarra pourtant comme tous les autres lundis qui semblaient se dérouler ainsi depuis des siècles. Nicolas fut matinal pour prendre le premier train pour Paris. En chemin vers son travail, Julie observait la ville qui se réveillait en douceur : les rues Porte-Dijeaux et Sainte-Catherine étaient quasi désertes.

Seulement quelques livreurs, quelques cyclistes ou piétons qui se rendaient à leur travail. Quelques SDF aussi mais celui qu'elle croisait tous les jours n'était pas là. Quelques heures plus tard, ces mêmes rues grouilleraient de monde. La musique de sa playlist qui passait de manière aléatoire dans ses écouteurs complétait le côté romantique de ces éclairages, ces lumières, ces scènes du réveil matinal de sa belle ville de Bordeaux. Julie, malgré son profil très logique et mathématique, était assez rêveuse. Un peu artiste aussi, avec une extraordinaire capacité à voir le « beau » dans ce que beaucoup considéreraient comme des scènes d'une grande banalité. Aussi, elle immortalisait ces instants éphémères avec des photos qu'elle stockait dans son smartphone.

Julie redoutait la réunion du comité qualité de l'après-midi. Préoccupée après l'épisode de la semaine passée, elle réfléchissait à la manière d'aborder le sujet des réclamations clients et de la réputation en ligne de la compagnie d'assurance. Dire les choses, mais rester diplomate. Ne pas déborder. Ne pas faire de vagues. Pas évident. Elle pensait à son responsable, dont l'évolution avait toujours été ralentie par son comportement non conforme au « politiquement correct ». À contre-courant de la plupart des autres cadres de la compagnie, il n'hésitait pas en réunion à exprimer des points de vue qui incitaient à la remise en question. L'imprévisibilité de ses remarques et de ses interventions gênait ses collègues et la direction générale. L'idée de rester « dans le moule » lui était insupportable, même si cela permettait de gravir les échelons plus rapidement. Sa rébellion le conduisit dans un placard. Pas inconfortable, mais un placard quand même. À quelques semaines de la retraite, responsable de service, pour lui, c'était un placard, une insulte. Le titre de directeur, il ne l'aurait jamais, bien qu'il l'eût largement méritée : idées innovantes – rejetées par la direction avant que d'autres se les approprient –, management profondément humaniste, esprit fédérateur. Julie ressentait une profonde admiration à son égard.

En parcourant l'ordre du jour du comité qualité, elle constata avec effroi qu'il serait délicat d'aborder ce qui lui tenait à cœur : tout était programmé au millimètre. Le directeur marketing – le très respecté monsieur Robillard – prit la parole pour présenter les résultats des dernières enquêtes qualité. C'était le moment. Maintenant ou jamais. Julie se lança dans un élan de courage :

— Monsieur Robillard, puis-je vous faire part de mes constatations effectuées la semaine dernière lors de mon immersion au service clientèle ?

Ce dernier, à l'instar de la plupart des membres de cette réunion, fut surpris de la prise de parole de Julie, qui d'ordinaire attendait son tour pour s'exprimer.

— On vous écoute, Julie, répondit-il d'un air impatient, en regardant sa montre.

— Voilà, nous parlons beaucoup du baromètre qualité, qui constitue un excellent outil d'évaluation de la qualité certes, mais qui, sur certains aspects, mériterait, il me semble, des approfondissements.

— Des approfondissements ? rétorqua le directeur du marketing. Quels approfondissements ?

Julie inspira profondément. La ligne blanche était toute proche et le terrain devenait glissant : remettre en cause les pratiques du service clientèle, il fallait oser.

— Julie, expliquez-nous, s'il vous plaît !

— Oui monsieur. Le baromètre ne comporte que des questions fermées, ce qui permet d'effectuer des comparaisons pertinentes entre les périodes de référence. Mais il manque un niveau d'analyse : à aucun moment il n'est demandé au client ses suggestions, des idées d'amélioration. La parole ne lui est donnée que partiellement avec des cases à cocher.

— Et ? répondit le directeur du marketing.

— Et bien, au regard des avis déposés en ligne par certains de nos clients, je pense qu'il serait intéressant d'étudier plus en profondeur les sources d'insatisfaction.

— C'est, il me semble, ce que nous faisons avec la procédure de traitement des réclamations clients, non ? rétorqua-t-il. Aujourd'hui, cette procédure est parfaitement respectée : cent pour cent des réclamations sont traitées sous quarante-huit heures maximum. C'est bien ce que vous vouliez, non ? Bon, reprenons l'ordre du jour de la réunion, voulez-vous ?

L'ensemble des membres du comité acquiescèrent. Le politiquement correct l'emportait comme toujours. Mais Julie osa l'impertinence de ne pas abandonner son argumentation.

— Bon, c'est fini maintenant ? On peut reprendre le cours de la réunion ? poursuivit le directeur marketing. De toute façon, votre argumentation ne tient pas. On n'a jamais fait autant de chiffre ! Tous nos indicateurs sont au vert !

Un brouhaha commençait à se faire entendre au sein de l'assistance. Rares étaient les simples cadres comme Julie qui osaient contredire les « directeurs ». Surtout monsieur Robillard. Et surtout en tant que femme. Un des participants fit un petit signe à Julie, par bienveillance, qui semblait vouloir dire :

Arrête, maintenant ! Tu vas te faire griller si tu continues. Tu sais bien que tout est « politique », ici !

Consciente du risque, Julie pensait à Laure, à leur discussion de la semaine passée. Puis elle regardait toutes ces personnes présentes à cette réunion. Des pions dans un jeu où la règle est le conformisme. Pas de vagues, surtout. Les vagues, c'est mal vu. Si on dérape, c'est la porte. Ou le placard, ça dépend. Si on se rallie au mouvement, on a une chance. À condition toutefois de croiser les bonnes personnes, au bon moment.

Quitte à aggraver son cas, Julie n'avait plus grand-chose à perdre.

— Monsieur, nous ne sommes pas là, me semble-t-il, pour parler rentabilité, mais pour traiter de qualité de service auprès de nos clients. J'ai été choquée par la manière dont nos collègues du service clientèle traitent les clients. Nous sommes actuellement en situation de quasi-monopole sur certains marchés, ce qui est effectivement très confortable. Je pense toutefois que nous ne devons pas nous endormir sur nos lauriers. Si demain nos concurrents décident d'investir sur ces marchés, nous risquons de perdre gros.

— *Elle a été choquée !* répéta en ricanant le directeur du marketing en fixant le regard de ceux qui se ralliaient majoritairement à sa cause. Alors Julie, vous avez bien fait de venir à la réunion parce que là, je vais vous apprendre quelque chose : nous ne sommes pas dans le monde des Bisounours ! Comme c'est dommage ! Nous sommes là pour faire des affaires, pas pour faire plaisir à untel ou untel. Et puis, dernière chose : l'analyse des concurrents, les marchés, c'est mon domaine, pas le vôtre. Alors s'il vous plaît, faites votre travail, restez à votre place et tout ira bien comme cela ! Il est temps que votre responsable parte à la retraite ! Il vous a bien lavé le cerveau, on dirait…

Julie, vexée, énervée, humiliée, reprit :

— Très bien. Dans ce cas, je dois comprendre aussi que ce comité qualité ne sert à rien. Quoique… si ! À se donner bonne conscience peut-être… Puisqu'il en est ainsi, je vous laisse, messieurs. Désormais, le comité qualité, ce sera sans moi !

Sur ces mots, elle quitta la salle de réunion, la tête droite mais les jambes tremblantes. Elle passa un peu de temps dans les toilettes pour se rafraîchir, dans un état second. Blême, le cœur battant, elle récupéra ses affaires laissées dans son bureau et prit le chemin du retour. Elle reprenait peu à peu ses esprits et se demandait comment tout cela était arrivé, comment elle avait pu s'emporter de cette manière. Dehors, il faisait déjà nuit. La veille, on était passé à l'heure d'hiver.

Elle ne cessait de ressasser son départ du comité. Cette soudaine impulsivité ne lui ressemblait pas. Mais après tout, cela pouvait faire avancer les choses, ou au moins inciter ses interlocuteurs à quelque remise en question. De fil en aiguille, ses pensées la guidaient vers la crainte de perdre son travail. Elle en venait à se demander si, dans le fond, elle aimait vraiment son métier et le milieu dans lequel elle évoluait. Ce soir-là, Nicolas était à Paris. Elle serait tranquille. Tant mieux. Elle n'avait aucune envie de le croiser après tout ça. Peut-être n'avait-elle d'ailleurs plus envie de le revoir du tout.

La musique dans ses écouteurs résonnait dans sa tête de manière aléatoire et guidait ses pensées. Jusqu'à « You only live twice », la bande originale du James Bond « On ne vit que deux fois ». Là, Julie repensa à Chloé, à ce mariage, à cette musique : et si elle devait commencer une deuxième vie, que ferait-elle ? Oserait-elle remettre en question l'équilibre confortable qu'elle avait construit avec Nicolas, son travail finalement lucratif, gratifiant même, dès lors que l'on adopte un comportement plutôt conformiste, sans faire trop de vagues ?

Ce lundi où tout bascula, Julie avait l'esprit tourmenté par toutes ces interrogations. Tellement tourmenté qu'en s'apprêtant à traverser la dernière rue pour rejoindre son domicile, tandis qu'un premier véhicule – dont le conducteur avait étrangement un visage qui ne lui semblait pas inconnu – la laissa traverser sur le passage protégé, elle ne vit pas le chauffard qui doublait et qui la projeta en arrière sur le capot du premier véhicule.

Étalée sur le sol, elle n'était plus en capacité de bouger. Pas même un petit doigt. Les douleurs diffuses dans tous ses membres semblaient s'estomper. Très vite, elle devina le bruit sourd des pompiers, ou du SAMU qui s'approchait. Elle vit les lumières bleues des gyrophares qui dansaient autour d'elle dans l'obscurité de la ville qui s'apprêtait à s'endormir. Elle sentit une présence qui lui parlait. Le visage était flou. Ses oreilles bourdonnaient. Sa vue se brouillait. Tout semblait scintiller. Des voix lui parlaient avec un écho qui paraissait venir de l'au-delà. Elle ne pouvait plus bouger ses lèvres. Les mots ne sortaient plus. Peu à peu, les sons semblaient s'éloigner. Les lumières bleues tanguaient avant de se trouver englouties par l'obscurité qui gagnait du terrain. Puis, plus rien. Le trou noir.

Ce lundi où tout bascula, Julie avait une chance sur six cent vingt-trois. Enfin, c'est ce qu'affirmaient les statistiques : telle était la probabilité de perdre la vie dans un accident de la circulation.

***

C'était la Toussaint. Un homme quitta le fleuriste avec un pot de chrysanthèmes. Il se rendit au cimetière pour se recueillir sur la tombe de sa compagne. Partie trop tôt, trop jeune et si vite. Un mois déjà. Lorsqu'il s'aperçut soudain que les fleurs fanées, presque mortes la semaine passée, avaient refleuri, il ressentit un apaisement, un soulagement. Une forme de joie, aussi. Ces fleurs avaient, semble-t-il, choisi de survivre. Il en coupa les parties fanées et ajouta un peu de terreau.

Puis, avant de partir, il leva les yeux et fixa une dernière fois la tombe.

« Chloé Delaître, née Lamotte – 1985-2019 »

L'homme rentra chez lui et plaça en pleine terre le plant de chrysanthème acheté chez le fleuriste un peu plus tôt. Il saisit un sécateur et en coupa quelques tiges. La fleur était belle. Il composa un bouquet avec le feuillage de son jasmin et les quelques fleurs de son jardin. Puis il se rendit à l'hôpital. Tous les jours, depuis qu'il avait renversé cette jeune femme, il lui rendait visite en fin de journée. Il espérait tellement qu'elle sorte de son coma.

Il s'approcha de l'infirmière.

— Comment va-t-elle, aujourd'hui ? demanda-t-il.

— Bonjour, Xavier. C'est gentil de venir la voir. Elle est stable. Rien de nouveau. Je vous laisse.

Julie semblait plongée dans un profond sommeil. Au moment de l'accident, Xavier avait eu la sensation de reconnaître son visage. C'est à l'hôpital qu'il comprit qu'ils s'étaient croisés furtivement un mois plus tôt, au mariage de Jérôme et Nathalie. Cela lui semblait si loin, déjà. Il avait placé le bouquet dans un vase, près du lit. Il parlait à Julie, en même temps. Il se disait qu'elle l'entendrait, peut-être. Et que si elle l'entendait, elle se sentirait accompagnée, vivante. Que cela pourrait l'aider. Que cela valait le coup d'essayer. Les fleurs sentaient bon.

Lorsqu'il posa sa main sur la sienne, avant de la quitter, il fut, pour la seconde fois de la journée, pétrifié.

Elle venait d'ouvrir les yeux.

Ému, il lui sourit. Elle aussi. Elle avait choisi de survivre. Ou peut-être, juste, de Vivre. Mais vraiment, cette fois. Car on ne vit que deux fois.

Un vent de liberté

Il y avait cette barque au milieu du lac. Sur la barque, elle devinait une silhouette. Il s'agissait d'un nourrisson, ou d'un très jeune enfant, elle ne savait pas. Depuis la rive, les pieds presque dans l'eau, elle l'appelait désespérément. Rien ne se passait. Elle s'approcha encore de l'eau et voulut crier. Mais les cris ne sortaient pas. Ses cordes vocales étaient impuissantes, sa voix comme étouffée, stoppée par une force invisible. Il faudrait plonger dans le lac pour rejoindre l'embarcation à la nage. Mais elle n'avait que six ans et ne savait pas nager. Elle avait entendu dire que le lac n'était pas bien profond. Elle prit une longue inspiration avant de pénétrer à l'intérieur de ses eaux sombres, tout habillée. Ses pieds s'enfonçaient dans la vase. La déclivité était douce. L'eau lui arrivait à mi-cuisses. Elle pouvait continuer assez loin. Voyant la barque s'éloigner encore, elle accéléra le pas, puis se mit à courir de toutes ses forces en sa direction. Mais ses jambes ne répondaient plus. Soudain, le sol vaseux du lac se déroba sous ses pieds. Elle ne pouvait plus rien faire. Elle allait se noyer.

Trou noir. Elle se retrouva, haletante, en sueur, assise dans son lit, dans son corps d'adulte.

Les nuits de Julie étaient agitées depuis qu'elle savait sa grand-mère condamnée. À quatre-vingt-treize ans, celle qui l'avait élevée seule et choyée après la mort prématurée de ses parents voyait sa fin s'approcher inéluctablement. Désormais trentenaire, Julie n'avait que six ans lors du décès soudain de ses parents. Un accident de voiture qui ne leur laissa aucune chance de survie. Elle n'en savait pas beaucoup plus. Le sujet, déjà fort sensible, était devenu tabou au fil des années. Et depuis plusieurs jours, de vagues souvenirs ressurgissaient et ses cauchemars d'enfant revenaient hanter ses nuits.

***

— Madame Paoletti, comme vous le savez, j'ai reçu vos dernières analyses.

— Docteur, la dernière fois que vous m'avez appelée par mon nom, ce n'était pas pour m'annoncer de bonnes nouvelles.

— Andrée, je suis désolée.

— Je m'en doutais. S'il vous plaît, n'y allez pas par quatre chemins. Dites-moi toute la vérité.

— Bien. Les métastases se sont développées de manière importante depuis les derniers examens. On peut encore tenter un traitement de chimiothérapie, qui pourra vous faire gagner, peut-être, un peu de temps. Mais j'ai compris que tel n'était pas votre souhait.

— J'aimerais effectivement éviter tout traitement. Laisser les choses se faire naturellement. Je n'ai pas peur de mourir. Dois-je selon vous… commencer à préparer mon départ ? Prendre certaines dispositions ?

— Oui, Andrée. Je le pense.

— Une dernière chose, Docteur : combien de temps ?

— Je ne peux pas vous dire. Je ne sais pas… Mais pas très longtemps.

— Docteur, vous savez que je veux être enterrée avec les miens, sur mon île. Pensez-vous qu'il me soit possible de supporter le voyage jusque là-bas et de revoir cette Terre avant mon grand départ ?

— Quand pensez-vous partir ?

— Aujourd'hui, demain, s'il le faut. Le plus rapidement possible.

— Vous reverrez votre île. J'en suis certain. Bon voyage, Andrée.

Andrée Paoletti était préparée. Ses dispositions, elle les avait déjà prises depuis bien longtemps. Elle avait effectué les donations nécessaires et les placements adéquats afin de léguer quasiment tout son patrimoine à sa petite fille et limiter les frais de succession. Aussi, Andrée n'était pas retournée dans sa maison sur son île, la Corse, depuis le décès des parents de Julie. Son cousin, puis ses petits-cousins, qui vivaient dans le village voisin, avaient pris soin de la maison pour ne pas la laisser à l'abandon.

Tout était donc prêt. Enfin presque. Les aspects matériels étaient une chose. Dire toute la vérité à Julie en était une autre. Et Andrée avait l'étrange sentiment qu'elle ne pourrait s'endormir pour toujours tant que tout ne lui serait pas révélé.

***

Depuis quelque temps, les choses n'allaient plus entre Julie et son compagnon. Avant d'envisager une séparation, elle avait souhaité s'éloigner pour réfléchir et s'était réfugiée chez sa grand-mère, dans la maison qu'elle occupait à Bordeaux. Elle s'était installée dans sa chambre d'enfant, là où elle avait grandi. En outre, sentant la fin proche de celle qui l'avait élevée comme sa propre fille, elle voulait lui consacrer du temps pour l'accompagner du mieux possible.

Un soir, en rentrant, elle trouva la maison vide. Andrée n'était plus là et avait visiblement emporté pas mal d'affaires. C'était étrange. Cadres photos, vêtements, livres, pas mal d'objets avaient disparu. Elle comprit ce qui se tramait lorsqu'elle découvrit une lettre sur la table du salon.

Julie,

Lorsque tu ouvriras cette lettre, je serai déjà partie. Comme tu le sais, je ne suis pas en grande forme. Le médecin m'a annoncé qu'il ne me restait pas très longtemps. Même si je n'y suis jamais retournée, la Corse me manque affreusement. C'est là-bas que je suis née, là-bas que j'ai grandi, là-bas que nous passions de merveilleux moments de retrouvailles lorsque nous nous sommes installés à Bordeaux. C'est aussi là-bas qu'il y eut le grand malheur qui nous a frappées et qui m'a brisée à jamais. Mais c'est sur mon île que je veux fermer les yeux. Être enterrée avec les miens.

Mon cousin a envoyé son fils Dumè me chercher ici, à Bordeaux. À l'heure où tu me lis, je suis probablement prête à embarquer à Marseille, ou bien déjà eu milieu de la Méditerranée. Je suis désolée d'être partie aussi vite, mais lorsque mon cousin me l'a proposé, je ne pouvais refuser.

J'aimerais, si tu peux, que tu me rejoignes. Tu dois me trouver bizarre de te demander de revenir dans ces lieux dont je t'ai privée depuis la mort de tes parents. Ne m'en veux pas. Je ne pouvais pas. Le chagrin ne m'a jamais quittée. C'était trop dur. Pourtant aujourd'hui, je me dis qu'il faut que tu connaisses tes origines, que tu revoies cette maison, que tu saches toute la vérité.

Je t'embrasse, Julie.
Mina

Aussitôt, Julie rechercha les prochains vols pour Ajaccio, moins fréquents en basse saison. Dès le lendemain, des places étaient disponibles, avec une escale à Paris. Durant le vol Paris-Ajaccio, elle entendait ses voisins discuter avec un accent corse très prononcé. À une heure trente de Paris, c'est un autre monde qui l'attendait. La terre de ses origines, presque inconnue, qu'elle allait redécouvrir. Une sensation étrange la parcourut lorsqu'elle posa le pied sur le tarmac. Le fond de l'air était doux. Elle avait réservé une voiture de location pour se rendre à la maison, située à une trentaine de minutes de route depuis l'aéroport Napoléon Bonaparte. Sur les derniers mètres, elle reconnut approximativement les lieux : le pont de la Pierre, le Prunelli en contrebas, la route qui menait à Ocana puis à Tolla. La maison se situait hauteur par rapport à la route et offrait une magnifique vue sur la vallée.

À peine arrivée, un homme d'une soixantaine d'années se dirigea vers elle.

— Bonjour, vous êtes Dumè, je présume ?

— En personne ! Bienvenue chez toi, Julie ! Mais dis-moi, comment es-tu venue depuis l'aéroport ? Ne me dis pas que tu as pris un taxi ?

— Non, j'ai loué une voiture…

— Comment ça tu as loué une voiture ! Écoute-moi bien, Julie : la prochaine fois, tu m'appelles, et je viens te chercher, compris ?

— Mais Dumè, vous avez déjà fait la route depuis Bordeaux pour venir récupérer Mina, vous devez être fatigué…

— Aïo qu'est-ce que tu me dis là ! Déjà, tu arrêtes de me vouvoyer. Ensuite, si je te dis que je viens te chercher, je viens te chercher. Et si tu as besoin d'une voiture, je te prête la mienne. C'est comme ça, ici !

Julie sourit à Dumè, qui, en quelques mots, l'avait mise en totale immersion dans son île. Il lui fallait toutefois intégrer quelques codes locaux dont elle venait de comprendre deux aspects : premièrement, un Corse qui tend la main pour rendre service est sincère, ce ne sont jamais des paroles « en l'air » ; deuxièmement, une main tendue par un Corse ne se refuse pas – sachant que les Corses tendent souvent la main à ceux qu'ils aiment –. Il l'enlaça pour l'embrasser chaleureusement.

— Comme c'est bon de te voir ! Tu étais petite, tu ne dois pas trop te souvenir de moi. Mais moi, je ne t'ai pas oubliée ! Viens donc avec moi, ta grand-mère se repose. Tu dois avoir faim et soif, non ?

Il cueillit quelques citrons dans le jardin et les pressa avant de servir le jus pur. Julie le dégusta et fut étonnée de la saveur de cette boisson délicieuse, acidulée et naturellement sucrée. Andrée les rejoignit dans la cuisine et embrassa sa petite fille qui lui sauta au cou. Dumè les laissa seules et retourna dans le jardin pour cueillir d'autres citrons et aussi quelques clémentines.

— Ma petite Julie ! Comme je suis contente que tu sois là !

— Comment te sens-tu, Mina ?

— Mieux, depuis que je suis ici !

— Et le voyage, pas trop long ?

— Non, Dumè est de bonne compagnie. On a parlé tout le long du trajet. Et puis tu sais, une île, c'est un bout de terre entouré d'eau. Je suis toujours venue en bateau. L'avion, ce n'est pas pour moi !

Andrée eut un léger vertige et Julie l'aida à s'installer confortablement dans le canapé.

— Tu voulais me parler, Mina, je crois.

Andrée feignit de ne pas entendre.

— Je vois ta valise, dans l'entrée… Installe-toi dans ta chambre, Julie ! Tu sauras la reconnaître, je pense… Tu te souviens de la maison ?

— Un peu… Enfin, pas trop… Je vais trouver ma chambre. Ne t'inquiète pas.

En réalité, Julie reconnaissait les lieux. Sa chambre était située à l'étage et offrait une vue dégagée sur le jardin et la vallée. Le lit était fait. Le linge sentait bon la lavande. Dumè avait vraiment pris soin de la maison, qui été restée inhabitée pendant plus de vingt ans. Un bureau d'écolier se trouvait près de la fenêtre. À l'intérieur, elle y retrouva avec émotion ses dessins d'enfant. Jusqu'à la mort de ses parents, elle passait une grande partie de ses vacances dans cette maison : l'été surtout, mais aussi la période de Noël, dont elle gardait de vagues souvenirs d'agréables moments en famille.

Dumè interpella Julie lorsqu'il l'aperçut à la fenêtre.

— Je dois monter à Ocana chercher un peu de miel, tu m'accompagnes ?

— Oui, avec plaisir ! Mais on ne va pas laisser Mina ?

— L'infirmière va arriver d'une minute à l'autre. Et la voisine va passer. Ne t'en fais pas. Elle est entre de bonnes mains !

Après avoir aperçu sa grand-mère qui se reposait dans le canapé, elle rejoignit Dumè. Il lui expliqua que le miel que produisaient ses amis était parmi les meilleurs de Corse. Le miel de châtaignier et le miellat du maquis, surtout. Forts en goût, leurs saveurs portaient en eux toutes les spécificités locales qui ne laissaient aucun doute sur leur provenance. Sur la route, Julie aperçut un panneau de signalisation qui attira son attention.

— Il y a un lac, par ici ?

— Oui, un peu plus haut. C'est un lac de barrage, le lac de Tolla. Très bel endroit.

— Si ce n'est pas trop loin, peux-tu m'y amener ?

Le lieu était effectivement superbe, avec un charme bucolique. La grande étendue d'eau était entourée de montagnes. Le massif du Renoso, parmi les plus hauts sommets de Corse, était juste derrière le plateau d'Ese, non loin de là. Le village de Tolla dominait le lac et l'on devinait, au loin vers l'ouest, la vallée du Prunelli. Dumè accompagna Julie jusqu'aux berges du lac, près d'un accès aménagé pour les activités nautiques. Une paillote se trouvait juste devant les pédalos et canoës, près de l'eau.

— Dumè, penses-tu que je sois déjà venue ici, quand j'étais petite ?

— Ah ça, oui ! Pendant les vacances, quand tu revenais du continent avec tes parents, vous veniez souvent pique-niquer ici, ça j'en suis sûr ! L'été il y fait bien plus frais que sur les plages au bord de la mer. Et puis il y a moins de touristes, aussi…

— On peut se baigner, dans le lac ?

— Je ne crois pas. Naviguer, oui, mais il n'est pas vraiment prévu pour la baignade, il me semble. Enfin, en ce qui me concerne, je ne m'y baignerais pas.

Le lac intriguait Julie. Elle regardait cet endroit, dont elle ne parvenait à se souvenir précisément, entre ses rêves et une réalité bien lointaine.

À son retour, l'infirmière était toujours là, la voisine également. Elles firent connaissance autour d'une infusion et quelques canistrelli. L'état de Mina était au cœur des préoccupations. L'infirmière expliqua que les soins prodigués n'étaient plus que des soins de confort. Il ne lui restait pas longtemps. Bien que très fatiguée, la vieille dame avait toutefois toute sa tête et avait abordé ses volontés pour l'organisation de ses obsèques. Le curé allait lui rendre visite dans l'après-midi ou le lendemain. Elle serait enterrée auprès des siens, dans le tombeau familial à Bastelicaccia.

— Mina, comment te sens-tu ?

Elle grimaça.

— Tu as mal ?

— Non, dit-elle en hochant la tête. L'infirmière s'occupe de tout pour que je n'aie pas mal. Je suis juste fatiguée. Merci d'être là, ma petite-fille. Il va falloir que je te parle, Julie. Demain matin, viens me voir quand tu te lèves.

— Pourquoi pas maintenant, Mina ?

— Demain, Julie, Demain. Je suis trop fatiguée aujourd'hui. Et ne t'inquiète pas… Demain, je serai toujours là, rassure-toi, dit-elle en lui souriant.

Andrée savait que sa vie ne tenait plus qu'à un fil, mais elle avait aussi une certitude : elle ne pourrait quitter ce monde tant qu'elle n'aurait pas révélé à sa petite-fille tout ce qu'elle n'avait pu lui dire jusque-là.

Dumè proposa à Julie de rester cette nuit-là, ou bien de demander à son épouse de venir, au cas où il arriverait quelque chose à Andrée. Elle déclina sa proposition, car elle aussi avait cette intuition qu'elle ne partirait pas cette nuit.

— Repose-toi, Dumè, tu as tant donné depuis ces derniers jours ! On se voit demain, si tu veux. Merci pour tout ce que tu fais pour nous.

Avant de se coucher, Julie scrutait l'étagère près du bureau d'écolier. Il y avait quelques livres, des bandes dessinées, et des échantillons de parfum. Juste à côté de ces échantillons, un flacon d'eau de toilette qui attira son regard. Elle en retira le bouchon et, même si la fragrance avait un peu tourné après toutes ces années, elle fut plongée un instant dans sa tendre enfance. Anaïs, Anaïs, de Cacharel, lui avait été offert au dernier Noël qu'elle passa ici, dans cette maison, quelques jours avant la mort accidentelle de ses parents. Elle saisit ensuite un « Journal de Mickey » avant de s'endormir. L'odeur du vieux journal la plongea dans le passé, puis dans un profond sommeil.

Il y avait, encore, ce lac. Et cette barque qui s'éloignait inéluctablement du ponton. Dans la barque, une petite fille. Pas d'autre mode de navigation autour du ponton : les canoës, pédalos, optimistes habituellement amarrés s'étaient volatilisés. Il n'y avait pas d'autre moyen que s'immerger dans les eaux du lac pour secourir la petite fille. Julie essaya de crier. Mais les cris ne sortaient pas. Ses cordes vocales ne pouvaient plus émettre aucun son. Elle entendait, au loin, des voix qui l'appelaient. « Julie, Julie, reviens ! ». Elle réalisa à cet instant que c'est elle qui se trouvait dans la barque, au milieu du lac. Comme par magie, elle se trouvait au cœur de la scène qu'elle croyait observer. Une mer de nuages descendait depuis les montagnes, vers la forêt et en sa direction. Un spectacle éblouissant, sublime mais effrayant pour la petite fille. La barque fut très rapidement plongée dans un épais brouillard. Elle ne voyait ni n'entendait plus rien. Perdue, abandonnée, désorientée, elle se réveilla soudainement. Elle se retrouva, comme l'autre fois, assise dans son lit. Les persiennes des vieux volets laissaient entrer la lumière du jour. Elle avait dormi d'une traite et, déjà, le matin était là.

Un bol de lait, une tartine de pain au miel, une orange pressée, et Julie n'avait qu'une idée en tête, entre appréhension et impatience : rejoindre Andrée dans sa chambre et enfin découvrir de qu'elle avait à lui révéler. Dumè était déjà là, avec son épouse Serena. Ils lui firent un signe de la tête : sa grand-mère l'attendait dans sa chambre.

— Mina, veux-tu que je t'apporte quelque chose ? As-tu déjeuné ?

— J'ai tout ce qu'il me faut, ne t'en fais pas pour moi. Dumè et Serena sont formidables. Tu sais, ici, comme tu as dû t'en apercevoir, tu n'es jamais vraiment seule. Les gens s'entraident beaucoup. Il y a une chaleur humaine, une vraie solidarité. C'est ça, la Corse. Une montagne dans la mer. La légende dit que le Créateur a pris un peu de chaque merveille, de ce qu'il y avait de plus beau sur terre pour créer la Corse. Puis il y ajouta de fidèles défenseurs, un peuple fier et insoumis, car un tel joyau ne pouvait qu'attirer les convoitises.

La vieille dame avala un verre d'eau posé sur sa table de chevet puis reprit la conversation.

— Bon, parlons sérieusement maintenant. Tout est prêt me concernant. Dumè et Serena ont eu toutes les consignes pour les obsèques. Julie, vois-tu la malle sous la fenêtre ? À l'intérieur, tu trouveras tous les papiers importants. Le notaire est à Ajaccio et connaît bien Dumè. Je veux que tu saches que je lui lègue une partie de mes biens et un peu d'argent aussi. Tout le reste est pour toi. La maison de Bordeaux, celle-ci, et mes assurances-vie. Mes affaires sont en ordre.

Julie prit les mains de sa grand-mère et baissa les yeux. Elle hésita un instant avant de prendre son courage en main.

— Mina… Je fais des rêves étranges depuis quelques jours. Avec un lac, une barque. Pourquoi ai-je peur de l'eau depuis toujours ? Y a-t-il quelque chose que je devrais savoir ? Qui est la petite fille dans la barque ?

Andrée ferma les yeux. Elle allait devoir parler, mais était si faible.

— Mina ! Ça va ?

L'infirmière frappa à la porte. Julie resta près d'elle pendant qu'elle lui prodiguait les soins. Andrée avait besoin de repos mais elle insista pour que sa petite-fille reste après le départ de l'infirmière. Elle lui conta le déroulement de la journée où ses parents eurent ce terrible accident qui leur coûta la vie.

— C'était le lendemain de Noël. Il faisait un temps magnifique. Toute la famille s'était donné rendez-vous sur les berges du lac de Tolla pour un pique-nique géant. Tout était parfait : le bonheur d'être ensemble, un décor enchanteur, un soleil radieux. Toi, tu avais tout juste six ans. Tu étais une petite fille facile à vivre, joyeuse, parfois intrépide. Un instant, tu échappas à la vigilance de tes parents – et de nous tous – et tu te dirigeas vers le ponton. Lorsque ta mère te chercha du regard, tu étais déjà au bout du ponton et tu t'apprêtais à monter dans un canoë. Ta mère t'appela, puis se leva en premier et courut de toutes ses forces pour t'éviter d'aller plus loin. Ton père fit de même. Mais ta mère dut stopper sa course. Elle fut prise d'un malaise et de violentes douleurs abdominales. Il sembla qu'elle perdait du sang. Dans l'urgence, ton père prit la route pour l'hôpital. On ne les revit plus jamais. La voiture s'était encastrée dans un arbre après avoir effectué, très probablement, plusieurs tonneaux.

La vieille dame dut reprendre ses esprits et avala un second verre d'eau. Julie la savait extrêmement fatiguée et n'osait pas poursuivre la discussion. Pourtant, les questions se bousculaient dans son esprit : pourquoi sa mère avait-elle ces douleurs ? Et ces saignements ? Était-elle malade ? Souffrante ? Pourquoi l'emmener à l'hôpital ? Comment se produisit l'accident ?

Andrée la devança et reprit le cours des explications.

— Pour l'accident, les gendarmes ont déduit que la voiture roulait à une vitesse excessive. Pourtant, ton père était un excellent conducteur. On a supposé qu'il avait essayé d'éviter un obstacle. Un animal, un sanglier, peut-être. La visibilité était réduite à cet endroit à cause des virages. Il n'y avait aucun témoin.

— Maman saignait, tu me dis ? Qu'avait-elle exactement ?

— Julie, ce n'est pas facile pour moi de te dire ce qui suit. Avant toute chose, j'aimerais que tu ne me juges pas, s'il te plaît. Aussi, par avance, je te demande pardon. Pardon de m'être tue pendant toutes ces années.

— Mina, tu as toujours été là pour moi. Tu m'as tant donné, comment pourrais-je t'en vouloir ?

— Il faut que tu saches que tes parents ne pouvaient pas avoir d'enfants. Et, parfois, la nature fait des miracles. Des exceptions. Ta mère était enceinte. C'était inespéré. De sept mois. Elle venait de perdre un peu de sang. Il fallait l'emmener à la maternité sans attendre. Personne ne s'y attendait, elle n'était pas encore à son terme.

— Est-ce à cause de moi ? Parce qu'elle a dû se précipiter pour venir me chercher ?

— Non Julie ! Ce n'est pas du tout ta faute ! Elle avait déjà eu quelques contractions les jours précédents et à quarante ans passés sa grossesse présentait quelques risques. Les pertes qu'elle a eues en courant étaient un signe : son corps se préparait et le travail avait commencé avant même qu'elle ne se lève. Tu n'y es pour rien du tout !

Julie ne se sentait pas à son aise devant toutes ces déclarations. Certains points obscurs s'éclaircissaient dans son esprit, comme la scène du lac. Mais l'intuition étrange que sa grand-mère ne lui avait pas encore tout dit l'emportait. Il lui fallait intégrer l'idée qu'elle aurait pu avoir un petit frère ou une petite sœur, si le destin en avait décidé autrement. Néanmoins, une question revenait en boucle : si ce petit frère ou petite sœur était « un miracle », comment avait-elle pu naître, elle ? Les miracles ne se produisent pas si souvent… Les idées n'étaient pas claires dans sa tête.

— Est-ce que tu comprends maintenant ? Comprends-tu ce que je n'arrive pas à te dire depuis presque vingt-cinq ans ? Et que je n'arrive toujours pas à verbaliser, au crépuscule de ma vie !

— Je suis une enfant adoptée, c'est bien cela ?

Andrée approuva d'un signe de la tête, sans dire un mot. Julie posa ta tête affectueusement sur la poitrine de sa grand-mère et sa main sur son épaule. Elle ferma les yeux. Sa mémoire revenait doucement. Elle se souvenait. Après les obsèques de ses parents, Andrée l'avait prise en charge et avait fait le nécessaire pour devenir sa tutrice légale. La petite Julie connaissait sa situation, ses parents lui en avaient parlé dès son adoption. Après leur décès, un jour, elle demanda à sa grand-mère si ses « vrais parents » étaient, eux, toujours en vie. Dévastée par le chagrin, elle lui répondit aussitôt que les parents qu'elles venaient de perdre étaient ses seuls « vrais parents ». Ce qui n'était pas totalement faux, finalement, se disait-elle. Mais la petite, troublée, plongée dans l'ambiguïté, n'osa plus jamais aborder le sujet avec sa grand-mère. Cet épisode, comme celui du pique-nique au lac, avait été effacé de sa mémoire. Mais pas de son inconscient. Ses rêves lui transmettaient des bribes de vérité, de façon déroutante et désordonnée.

Elle resta un moment dans cette position, puis, en se relevant, regarda Andrée.

— Je l'ai toujours su.

La grand-mère, surprise, s'assit dans le lit et écouta sa petite-fille.

— Je n'ai aucune raison de t'en vouloir. Tu as vécu ce qu'il y a de plus terrible à endurer : perdre ton unique enfant. Merci pour tout ce que tu as fait pour moi, Mina. Mes parents seront toujours mes vrais parents. Et toi, tu seras toujours ma vraie grand-mère. Les liens du cœur sont plus forts que les liens de sang. Et ces liens-là sont indestructibles.

— Tu viens de me libérer d'un poids énorme, si tu savais. Je t'aime tellement, petite Julie. Sois heureuse. Aime. Vis ce que tu dois vivre. De là où je serai bientôt, j'espère te voir ainsi. Tu le mérites tant.

Andrée partagea un dîner copieux concocté avec amour par Serena et Dumè. La voisine était là, ainsi que le curé qu'elle avait souhaité voir ce jour. À la fin du repas, Julie demanda discrètement à Serena et Dumè si l'un d'entre eux pouvait rester dormir ici. Tous deux n'hésitèrent pas une seconde.

À partir de cette nuit-là, les cauchemars de Julie cessèrent définitivement. Elle dormit profondément mais se réveilla plus tôt que les autres jours. Avant de descendre dans la cuisine, son instinct la guida vers la chambre d'Andrée. Son visage était apaisé et elle semblait dormir paisiblement. Mais lorsqu'elle s'approcha, la jeune femme comprit. Son cœur avait cessé de battre. Elle ne put retenir ses larmes et resta un long moment à ses côtés. Dumè et Serena la rejoignirent peu après et comprirent immédiatement. Personne ne parla. Serena entrouvrit les volets et la fenêtre. Puis, dans l'armoire de la chambre, elle prit un linge et recouvrit le miroir près de la commode. Quelque temps après, elle referma les volets ainsi que la fenêtre. La chambre resterait plongée dans la pénombre. Peu après sonnèrent les cloches de l'église de Bastelicaccia, au loin.

Nombreux furent les voisins, cousins, amis, qui passèrent veiller Andrée chez elle. Après les obsèques, ils organisèrent un repas où tous louaient son courage, sa force de caractère, sa détermination. L'ambiance fut solennelle et conviviale à la fois. Ils firent promettre à Julie qu'elle reviendrait du continent de temps en temps, et qu'elle n'oublierait pas de leur rendre visite. Elle s'y engagea. Adoptée par ses parents, puis par sa grand-mère, elle le serait désormais par ces hommes, ces femmes, voisins, cousins, proches, présents autour de cette table. D'ailleurs, à leurs yeux, elle représentait bien plus que cela : elle était des leurs et le resterait à jamais.

***

Dans la vieille maison en pierre, Julie s'était blottie dans l'édredon douillet, comme avant, quand elle était petite. Les souvenirs de ses vacances ici, en Corse, dans ces lieux, se précisaient. Elle se rappelait lire le soir, comme dans un cocon, avant de s'endormir. Enfant précoce, elle savait lire depuis la maternelle. Lorsque le texte était trop compliqué, sa mère lui lisait les histoires. Tous les soirs. Après, elle pouvait s'endormir dans un apaisement absolu et laisser libre cours à son imagination pour poursuivre ces histoires dans ses rêves.

En revivant intérieurement toutes ses scènes, elle ressentait la voix tendre de sa mère, et devinait la lumière de la lampe qui illuminait son doux visage. Elle saisit un livre parmi ceux qui étaient rangés dans la table de chevet et elle le lut d'une traite. Les dernières lignes disaient :

Demain, demain seulement, on pensera à la vie, à la mort et pourquoi on vient sur terre. Pour l'instant, ayons l'air d'être ailleurs. Je leur dirai que j'ai rêvé[1].

Sa lecture la plongea dans un doux sommeil.

Il y avait, toujours, une étendue d'eau face à elle. Mais à la différence des fois précédentes, elle ne sentait rien d'hostile. Au contraire, une absence totale de danger. Si l'eau pouvait lui parler, elle l'inviterait, d'un ton doux et rassurant, à se baigner. Elle suivit son instinct. Son appréhension, comme par magie, avait disparu pour laisser place à un sentiment de bien-être absolu. Elle parvenait à se mouvoir et même, à nager. L'eau semblait transporter son corps à sa surface, à peine quelques mouvements étaient nécessaires pour bien flotter et se déplacer. Définitivement, l'eau serait désormais son alliée.

Les rayons du soleil à travers les vieux volets en bois interrompirent son sommeil de plomb au milieu de la matinée. Comme avant. Elle se rappelait, lorsqu'elle était petite, quand sa mère ouvrait les volets. La lumière l'éblouissait et elle se retournait dos au soleil pour admirer les éclairages sur les meubles d'époque, les vieilles armoires, les tomettes. C'était beau. Et cela le resterait. Jamais elle ne vendrait cette maison. Ce serait une trahison à l'égard de sa grand-mère, de ses parents. Pire encore, ce serait renoncer à une partie d'elle-même. Et puis, si sa vie était à Bordeaux, il y avait ici, en Corse, quelque chose de magnétique, comme une part de son âme, qui

[1] « Le garçon sur la branche », Bernard Mesguich

la lierait à jamais à cette terre. Elle y reviendrait, de toute évidence. La promesse sera tenue.

Avant de repartir à Bordeaux, il lui restait un détail à régler. Certains rêves étaient si proches de la réalité.

Elle prit la route pour Mare e Sole. La plus belle plage de la rive sud du golfe d'Ajaccio, selon sa grand-mère. La plus belle plage de Corse, selon le cousin Dumè. Pour Julie, c'était juste la plus belle plage du monde.

Elle retira ses chaussures. Le sable était doux et tiède sous ses pieds. Face à elle, les eaux calmes et turquoises de la Méditerranée l'invitaient à la baignade. En cette saison, la plage, sublime, vidée de la foule estivale, avait des airs de destination lointaine et paradisiaque. Les blocs de granit rose contrastaient avec le blanc du sable et le bleu de la mer. Elle avança jusqu'au bord de l'eau. Il lui semblait que l'air extérieur et l'eau étaient à la même température. Elle continua d'avancer. La limpidité de la mer la rassurait. Lorsque l'eau lui arriva à mi-cuisses, elle n'hésita pas une seconde à s'immerger complètement. Les mouvements de brasse vinrent de manière innée avec une étrange sensation : le glissement de l'eau le long de ses membres, la prise de vitesse avec l'impulsion des jambes, la tête relevée par la force des mouvements de bras, tout était exactement comme dans son rêve. Elle fit une demi-rotation pour se retrouver sur le dos, dans la position de la planche. Elle regarda le ciel bleu, puis ferma les yeux, sentant le doux clapotis de l'eau caresser son visage.

Avec la même aisance, elle regagna le rivage et se couvrit les épaules. Elle fixa l'horizon et devinait, au loin, les îles Sanguinaires. Ce n'était pas un rêve. Julie savait nager. Comme si elle avait toujours su, étrangement. Devant ce décor d'une insolente beauté, à la fois brute et sauvage, elle se sentait en osmose avec son île.

À jamais, elle savait intiment que c'est ici qu'elle trouverait, quoiqu'il advienne, ses clés du bonheur – et quand bien même éphémère, le bonheur restait du bonheur – : un sentiment d'harmonie et de liberté absolues.

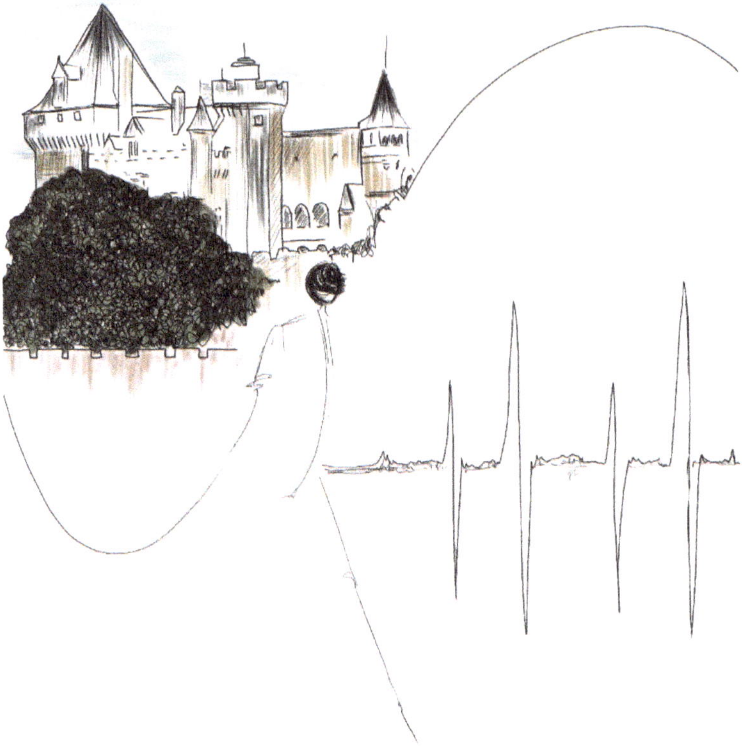

Métronome et chemins de traverse
Partie 2

Miraculée. À une fraction de seconde près. Un ou deux millimètres plus loin, c'était la mort assurée.

La vie, elle la devait aussi à ce radiologue, présent par chance au bon moment et au bon endroit après avoir décalé ses congés in extremis. Grâce à son intervention, une opération chirurgicale à haut risque fut évitée, pour arrêter l'hémorragie du foie. Entre la vie et la mort après l'accident, elle fut placée pendant plusieurs jours dans un coma artificiel. Son état fut stabilisé et le pronostic prenait peu à peu une meilleure tournure. Les médecins allaient désormais envisager son réveil. Si celui-ci s'avérait concluant, elle s'en sortirait avec de multiples contusions, un poignet cassé, un visage encore éraflé. Rien à côté de ce à quoi elle venait d'échapper : la mort, la vraie mort, celle dont on ne revient pas, ce serait pour une autre fois.

Car Julie avait choisi de vivre. De toute évidence.

Dans la chambre, Xavier venait de déposer un bouquet de fleurs. Un doux parfum venait embaumer l'ambiance et les odeurs d'hôpital s'estompaient. Avant de quitter les lieux, il la regarda, lui prit la main. C'est à ce moment qu'elle ouvrit les yeux. Il crut tomber à la renverse. Six jours qu'il attendait cet instant. Une éternité. Il se rappelait la scène : le chauffard, Julie projetée en arrière pour atterrir sur le capot de sa voiture, avant de finir sur le bitume. Un choc d'une violence inouïe qu'il n'était pas près d'oublier. Il se souvint sa pâleur, de sa perte de conscience, de l'arrivée du SAMU dans les minutes qui suivaient. Cela lui paraissait si loin déjà.

Son expression traduisait un immense soulagement. Il n'avait pas beaucoup dormi ces derniers jours. Il n'était pourtant aucunement responsable de l'accident. Comme tous les accidents, il s'agissait d'un malheureux concours de circonstances.

La jeune femme, en plein réveil, lui répondit tout doucement. Sans parler. Ses yeux, sa bouche souriaient.

Le pronostic vital n'était plus engagé et l'optimisme était désormais permis. Une récupération totale serait même probable. Quelques semaines de repos, un peu de rééducation musculaire, pour son poignet aussi, et Julie pourrait de nouveau vivre normalement.

Pourtant, rien ne serait plus jamais comme avant. Il y aurait inéluctablement un « avant » et un « après ». Parce qu'il y avait eu cet accident. Parce qu'elle avait frôlé la mort. Et, surtout, parce qu'elle l'avait décidé : son regard sur vie avait définitivement changé.

***

Très vite, Julie parvint à parler normalement. Son jeune âge, sa force mentale et sa rage de vivre eurent raison d'une récupération qui aurait pu s'éterniser. Sa meilleure amie eut la primeur de ses premières paroles.

— Ma Laure. Toujours là pour moi. Raconte. Dis-moi tout !

— Tu as eu un accident. Tu es à l'hôpital. Et je crois bien que tu as eu de la chance. Beaucoup de chance. Quel soulagement de te voir ouvrir les yeux !

— Quel jour sommes-nous ?

— Dimanche.

— Dimanche ? Depuis quand suis-je là ?

— Ton accident a eu lieu lundi. Tu rentrais de ton travail. Tu te souviens de quelque chose ?

— Pas vraiment. Je ne sais pas. C'est flou. Et depuis lundi, que s'est-il passé ?

— Tu étais dans le coma. Tu l'as échappé belle.

— Le coma ?

— Oui, les médecins t'ont placée dans un coma artificiel. J'ai eu peur, si tu savais… Et tu peux remercier Xavier, qui t'a immédiatement secourue. Je crois même que tu lui dois la vie ! À lui et au médecin qui a pu intervenir in extremis…

— Xavier, tu dis ? C'est qui ?

Au même moment, Xavier entra dans la chambre.

— Ah, et bien le voilà, justement ! reprit Laure.

Julie le regarda d'un air intrigué, l'esprit embrumé.

— J'étais sur les lieux de l'accident. Également à tes côtés lorsque tu es sortie de ton coma. Et aussi on s'est croisé, il y a un mois. J'ai réalisé cela après coup. Au mariage de Jérôme et Nathalie, tu te souviens ?

Julie grimaça en portant sa main près de sa tête. Laure s'approcha d'elle.

— Qu'est-ce qui se passe Julie ? Tu as mal ? Dis-moi…

— Ça me lance, par moment, comme des décharges électriques dans le crâne. Aussi j'ai l'impression d'avoir mal partout. Dans le bassin, dans les jambes. C'est bizarre.

— Je vais chercher le médecin, proposa Xavier. Tiens, bois un verre d'eau. Je reviens.

Les deux amies se retrouvèrent seules dans la chambre. Julie demanda à Laure si Xavier était bien le mari de Chloé. Elle se souvenait parfaitement de cette magnifique journée à Saint-Emilion, à l'occasion d'un mariage, où elle lia sympathie avec cette femme. La pauvre Chloé était décédée quelques jours après leur rencontre, décimée par un cancer foudroyant, laissant son mari Xavier veuf et inconsolable.

— C'est bien lui, Julie. Il a été formidable avec toi. Un chic type. Tous les jours, il était là. Tous les jours.

— Et Nico ? demanda Julie.

— Nico aussi est passé te voir. Il a été secoué quand il a appris l'accident. Il ne devrait pas tarder à venir, d'ailleurs, dit Laure en regardant sa montre.

Julie devait rester en observation quelques jours à l'hôpital, subir encore des examens de contrôle, avant d'entamer une rééducation dans un centre spécialisé. Une place était disponible dans un établissement de soins de suite situé dans le Périgord. Elle savait que les visites de ses proches seraient moins fréquentes en raison de la distance. Mais cela serait aussi pour elle une occasion de se poser, de prendre du recul.

L'établissement était situé dans un château entouré d'un immense parc. Le cadre était magnifique. Loin de la ville, au calme, le silence régnait. Julie parvenait à marcher de mieux en mieux, au fur et à mesure que ses hématomes et contusions s'estompaient. Des douleurs persistaient toutefois, de manière diffuse. Le poignet, quant à lui, devait rester plâtré encore deux bonnes semaines.

Dans la salle de rééducation, elle finissait par saluer les visages connus. Des hommes et des femmes, jeunes ou âgés, plus ou moins affaiblis après des opérations, des accidents de circulation, des maladies chroniques, avaient tous rendez-vous ici, pour une courte durée ou un séjour long. Il fallait de toute évidence, pour chacun, se renforcer au niveau musculaire pour espérer reprendre une existence quasi normale.

Une femme d'une trentaine d'années entra un jour dans la salle, accompagnée du kinésithérapeute. Son expression désespérée, son regard vitreux et son handicap touchèrent Julie. En déambulateur, ses pas s'enchaînaient avec peine. Lorsque son regard croisa le sien, un frisson la parcourut : son visage ne lui était pas inconnu. La femme, se sentant observée, s'approcha péniblement de Julie.

— Fracture déplacée du tibia. Cartilage touché. Ligaments croisés aussi. Voilà. C'est foutu pour moi.

Cette voix, ce timbre particulier, ce visage, cette expression ne laissaient plus de place au doute. Cette femme, c'était Christine. Celle qui fut son cauchemar pendant ses années d'école primaire et de collège. Celle qui prenait un plaisir cynique et malsain à l'humilier, à la rejeter plus bas que terre, à lui infliger des lancers de ballons en pleine figure, à lui voler ses vêtements, à la racketter. Christine la harceleuse, Christine le bourreau, Christine le monstre, se tenait là, devant elle. « L'armoire à glace » invincible n'était plus. Il ne restait qu'un visage triste et fade et un corps courbé, meurtri. Et surtout, le destin de cette ancienne sportive de haut niveau, qui pouvait prétendre à une carrière internationale, était définitivement brisé.

Julie vit ressurgir ses vieux démons. Elle se rappelait ce temps révolu où le statut de souffre-douleur lui collait à la peau comme un vulgaire sparadrap. Les souvenirs de cette époque défilaient dans sa tête de façon désordonnée. Jusqu'à la libération, ce tournant lorsque Christine quitta le collège pour poursuivre sa carrière sportive. Dès lors, Julie commença à relever la tête, à croire en elle, à gagner en confiance. Bienveillante, elle était devenue au fil des années une femme appréciée de son entourage, courageuse, persévérante, bien entourée.

Les rôles semblaient s'être inversés. Un simple croche-patte pouvait mettre à terre ce « roc » d'un mètre quatre-vingt-dix qu'était Christine. Bien qu'il fût évident qu'elle ne la reconnaissait pas, elle la tutoya dès le début de leur conversation.

— Et toi, tu es là pourquoi ?

— Accident de la circulation. Un poignet, juste, enfin presque. Rien de grave, dit Julie d'un air faussement détaché.

Elle fixait Christine du regard et entreprit de l'emmener sur un terrain plus glissant.

— Cette maladie te prive de ta passion, n'est-ce pas ?

Christine sourit, flattée un instant de croire en sa célébrité.

— Tu me reconnais ? Tu suis les compétitions de basket ?

— Non, pas vraiment. Je n'aime pas le basket. Encore moins les sports de ballons. Cela me rappelle de mauvais souvenirs.

Christine demeura silencieuse, l'air ahuri en dévisageant Julie. Puis elle réalisa.

— Putain Singer ! J'y crois pas !

— Non Christine, Julie. Je m'appelle Julie. Ne m'appelle plus jamais par mon nom, s'il te plaît.

— Mais enfin, il n'y a rien de méchant ! Et puis à l'époque, on s'amusait, c'est tout ! J'ai jamais rien eu contre toi !

— Tu t'amusais… Et ça te faisait quoi de t'amuser en humiliant les autres ? C'était drôle ? Tu te sentais bien, après avoir tordu mes lunettes avec le ballon ? C'était vraiment drôle ?

Christine regardait son interlocutrice, la bouche ouverte, sans dire un mot.

Cette femme diminuée était là pour quelques semaines, après une opération chirurgicale qui était probablement la première d'une longue série. Julie et elle seraient donc amenées à se croiser de nouveau. Mais Julie opta pour une indifférence totale.

Heureusement pour elle, son corps répondait favorablement aux séances de rééducation. Elle pouvait se promener longtemps dans le parc autour du château, prendre le temps d'observer la nature, d'écouter le silence. La femme hyperactive qu'elle était avant son accident s'était recentrée pour redevenir ce qu'elle avait toujours été, dans le fond : épicurienne, idéaliste, en osmose avec la nature, un peu rêveuse aussi. Elle avait demandé à Laure, lors d'une de ses visites, de lui apporter un cahier et un stylo, pour tenir un carnet de bord. Quelques années plus tôt, avant d'entrer dans la vie active pour se consacrer sans concessions et tête baissée dans son travail, Julie écrivait beaucoup. Aussi ce temps retrouvé, depuis son accident, était devenu précieux et l'envie d'écrire revint naturellement. Nicolas, Xavier et Laure lui rendaient visite lorsqu'ils le pouvaient.

— Et pour mon travail, tu es au courant de quelque chose ? demanda-t-elle à son amie Laure.

— Tu es en arrêt, mais combien de temps… Je ne sais pas ! Prends ton temps pour récupérer… Le travail, tu y penseras plus tard ! Il faut que tu prennes soin de toi, maintenant.

— Je sais, ma Laure, t'inquiète ! Je ne sais même pas si j'ai envie d'y retourner, d'ailleurs…

— Tu es sérieuse ? Mais tu adores ton travail, non ?

— Je ne sais plus trop, à vrai dire… Je me rappelle très bien ce qui s'est passé avant mon accident : moi, la petite cadre du service risques, j'ai osé tenir tête au directeur du marketing. Cet homme représente tout ce que je déteste : hautain, prétentieux, misogyne. Il a tenté de m'intimider, mais je ne me suis pas laissée faire. Et j'ai quitté la réunion. J'ai claqué la porte. J'ai osé. Puis j'ai pleuré dans les toilettes. Après, plus rien… le trou noir.

— Tu as claqué la porte de la réunion ? Cela ne te ressemble pas ! Tu étais plutôt l'employée modèle…

— J'ai compris beaucoup de choses ces derniers jours. Tant que tu ne fais pas de vagues, tout va bien pour toi. Si tu sors du « politiquement correct », rien ne va plus ! La roue tourne… Le placard te tend les bras… Les faux-culs sont démasqués… Et les clients, ceux grâce à qui l'entreprise prospère, que dire des clients ? Aucune considération à leur égard ! Hormis quelques gros « poissons » que l'on bichonne, ce ne sont que de vulgaires vaches à lait ! Juste bons à payer ! Et moi… quelle naïve j'ai été ! Je croyais que cette entreprise, à qui j'ai tout donné, agissait avec bienveillance ! J'ai vraiment été trop bête…

— Non Julie, tu as juste une conscience professionnelle. Et c'est tout à ton honneur.

— Peut-être… Mais franchement, Laure, ce système est pourri jusqu'à la moelle ! Je crois que le monde du business, ce n'est finalement pas pour moi !

— Je me souviens de notre discussion la semaine avant ton accident. Mais c'est bizarre de t'entendre parler comme ça… Tu semblais pourtant plutôt bien dans ta vie jusque-là. Tout roulait parfaitement pour toi. Comme ton couple avec Nico, d'ailleurs. Belles situations, couple harmonieux…

— La façade, Laure, la façade. Si tu creuses un peu, tu sais très bien que ce ne sont que des apparences. Nico est gentil. C'est vrai. On a une vie confortable, agréable. Ça aussi c'est vrai. Mais te rends-tu compte, Laure, que cela va faire cinq années que l'on vit ensemble ce train-train ? Toutes les semaines se ressemblent, que les années passent sans que l'on s'en aperçoive. Il ne se passe jamais rien de palpitant, rien qui sorte de l'ordinaire. Tout est prévisible, gravé dans le marbre, sans surprise. Si cela continue, un jour j'aurai quarante ans, cinquante ans, ou, pire, soixante, et je me dirai « mince, je n'ai pas vu le temps passer… et si j'avais oublié de vivre ? » !

Laure sourit. Heureuse de constater que Julie n'avait désormais qu'une seule idée en tête : vivre pleinement le temps qui lui serait donné. Ne plus subir un chemin connu d'avance. C'était à elle de tracer sa route. À elle seule.

Julie demanda à écourter son séjour au centre de soins. Son poignet serait bientôt déplâtré et elle pourrait poursuivre sa rééducation près de chez elle à Bordeaux. L'envie de retrouver sa maison l'emportait et, surtout, cela faisait près d'un mois qu'elle n'avait pas vu sa grand-mère. Presque centenaire, sa santé déclinait et la jeune femme voulait passer un peu de temps avec elle.

Lors de sa dernière séance de rééducation dans le centre, Christine était toujours là. La moindre des politesses était de se dire « au revoir ».

Julie s'approcha d'elle, qui, préoccupée par des mouvements difficiles à exécuter, ne la vit pas arriver.

— Au revoir, Christine !

Cette dernière leva la tête brutalement, surprise de voir Julie aussi près d'elle qui la fixait droit dans les yeux. Son mouvement de tête perturba son équilibre précaire. Elle tomba à la renverse et s'écroula sur le sol. Comme un animal blessé, elle se trouvait à la merci de celle qui fut sa victime dans le passé.

Julie lui tendit une main.

— Non, Julie, pas ça, j'ai trop mal.

— Ne sois pas bête, attrape ma main !

Julie parvint à remettre Christine sur pied.

— Pourquoi tu as fait ça ? Pourquoi m'as-tu relevée ?

— Tu ne l'aurais pas fait, toi, à ma place ? demanda Julie.

Christine réfléchit. La compassion de son ancien souffre-douleur la mettait mal à l'aise.

— Si, peut-être... pour me racheter...

— Quoi que tu aies fait, je ne suis pas du genre à laisser les gens sur le bas-côté. Alors, je venais te dire au revoir. Ou Adieu plutôt. J'ai terminé ma rééducation. Je ne pense pas qu'on se reverra. Je te souhaite bonne chance, du courage aussi. Ce qui t'arrive est profondément injuste. Sincèrement.

— Comment fais-tu, Julie ? Décidément, même si j'avais cherché à être ton amie, je ne t'aurais pas méritée !

— Adieu Christine.

Sur ces paroles, le corps de Julie était aussi léger, aussi libre de ses mouvements que son esprit. Un poids semblait s'être envolé. Pardonner à Christine, c'était aussi se pardonner d'avoir supporté autant d'humiliations. Et admettre, peut-être, aussi surprenant soit-il, que si elle était devenue ce qu'elle était, c'était peut-être parce qu'elle avait enduré toutes ces épreuves.

***

Nicolas avait concocté un bon repas pour fêter le retour de sa compagne à la maison.

— C'est bon de te revoir ici. Tu m'as manqué...

Julie resta silencieuse, songeuse. Nicolas était certes très occupé par son travail, mais il ne lui avait pas souvent rendu visite. Et puis c'était étrange de revenir dans cette maison. Il lui semblait qu'une éternité s'était écoulée depuis l'accident.

— J'avais tellement hâte que la vie reprenne comme avant, si tu savais ! poursuivit Nicolas.

— Comme avant ?

— Oui, Julie, on était bien, non ?

— Nico, rien ne sera plus jamais comme avant !

— Mais pourquoi ? Que veux-tu dire ?

Julie soupira, exaspérée.

— Rien !

— Mais si, explique !

— Enfin, Nico, j'ai frôlé la mort ! Tu as oublié ? Si le radiologue n'avait pas été là, j'aurais subi une opération et j'aurais pu y rester ! Tu es conscient de cela ? J'ai beaucoup réfléchi pendant ma convalescence. La vie ne tient qu'à un fil. Et mérite d'être vécue. Alors la petite vie plan-plan d'avant…

— Quoi, ta petite vie « plan-plan » ? Tu ne t'en es jamais plaint, jusque-là ! Tu es fatiguée. Tu devrais te reposer. On reparlera de ça demain, si tu veux.

— Tu as raison. Mais demain j'aurai la même vision. Et après-demain aussi. Bonne nuit.

Elle quitta la table après avoir fait des efforts pour que le dîner soit malgré tout agréable. Elle s'allongea dans son lit. Sur sa table de chevet, elle se réjouit de retrouver « La fille du train » de Paula Hawkins. À l'instar de sa vie, il allait falloir reprendre au début et non là où elle s'était arrêtée pour s'immerger dans l'histoire.

Elle retira le marque-page pour recommencer le roman depuis le début.

Son téléphone vibra.

Un SMS de Xavier.

— *Bien rentrée ? Comment te sens-tu ?*

— *Ça va. C'est bizarre d'être ici.*

— *Tu as subi un choc important. Prends le temps.*

— *Je sais. Demain, on déplâtre mon poignet.*

— *Tu veux que je t'accompagne ?*

— *Mais tu bosses ? Tu auras le temps, tu crois ?*

— T'inquiète. Je me débrouillerai. Je me sens un peu responsable. Si je n'avais pas été là à ce moment précis, l'accident n'aurait jamais eu lieu.

— Tu n'es pas responsable ! Au contraire… C'est toi qui m'as secourue !

— Je ne suis pas le seul à être intervenu. Les médecins et personnels soignants ont été merveilleux. Bon, je te laisse te reposer. À demain !

— À demain.

Julie retraçait intérieurement le concours de circonstances qui avait mené à cet accident. Puis à tous les accidents qui ne se sont jamais produits, tous ceux qui ont été évités, parce qu'on est parti une minute plus tôt, ou une minute plus tard. Elle pensait à tous ces gens qui ne s'étaient pas crashés en avion parce qu'ils avaient justement raté leur vol. Là, une image effleura son esprit : elle imaginait un château de cartes. Il suffisait qu'une carte soit retirée ou déplacée, et le château ne s'écroulait plus. La présence de Xavier constituait une des cartes. Celle sans laquelle elle ne serait plus en vie ce jour. Il s'agissait, peut-être alors, d'un heureux concours de circonstances.

Dès le lendemain, elle commença sa rééducation. Il fallait travailler sur le poignet déplâtré. Le cabinet de kinésithérapie était situé à quelques centaines de mètres de chez elle. Lorsqu'il était disponible, Xavier l'accompagnait sur le chemin de l'aller ou du retour. La clinique vétérinaire qu'il dirigeait était non loin de là. Ils prenaient un café Cours de l'Intendance ou parfois déjeunaient dans le quartier.

Désormais, Xavier était devenu son ami. Tous deux demeureraient définitivement liés : en commun, ils vouaient une admiration sans faille pour Chloé, la femme et l'amie disparue, et voyaient leur destin réuni par les suites de cet accident. Dès sa sortie du coma, il lui avait promis « qu'il ne la lâcherait pas ». Il avait tenu parole.

Parfois, ils se retrouvaient après ses séances de kiné. Ils aimaient déjeuner dans un excellent restaurant japonais près de la Place des Grands Hommes.

— J'ai pris mon après-midi. On peut aller au ciné, qu'en penses-tu ?

— Excellente idée, Xavier !

— Alors je te propose d'aller voir *Joker*, pour la prestation saluée de Joaquin Phoenix. La prochaine séance est à 14 h 30. Cela te dit ?

Julie répondit par un sourire radieux. Pas besoin de répondre pour que Xavier traduise qu'elle avait eu la même idée que lui. Se comprendre sans se parler. C'était ça, l'amitié. La vraie, la sincère. Le plus pur et le plus noble des sentiments.

Tous deux furent bouleversés par le film. Julie ne put s'empêcher d'effectuer un rapprochement avec l'état de la société au moment de sa sortie : fracture sociale, manifestations, montée de la violence, des inégalités, perte de confiance dans les gouvernants. Elle craignait que ces ingrédients réunis conduisent le pays vers la tentation des extrémismes pour les électeurs. Un malaise semblait déjà gronder de plus en plus fort dans le monde entier.

Sur le chemin du retour, Xavier marchait près d'elle quand elle aperçut le SDF qu'elle croisait chaque jour lorsqu'elle se rendait à son travail. Le matin de son accident, il n'était pas là et elle s'en était inquiétée.

Elle lui sourit. Lui aussi.

— Bonjour madame.

— Bonjour monsieur.

— Contente de vous revoir ! Comment vous allez ?

— Moi, ça peut aller. Mais lui, ça ne va pas fort… répondit-il en embrassant son chien sur la tête.

Julie s'accroupit et caressa le chien.

— P'tit père… Qu'est-ce qui lui arrive ?

— Problèmes de digestion. Plus d'appétit. Il ne va pas bien du tout.

— Ce n'est peut-être pas grand-chose…

Elle se tourna vers Xavier qui proposa d'examiner le chien à la clinique. Il était effectivement malade, porteur de parasites vraisemblablement. Il offrit au SDF le traitement nécessaire et un stock de croquettes adaptées. Il expliqua à Julie qu'il intervenait parfois au dispensaire pour animaux de Bordeaux, bénévolement. Le chien était souvent la raison de vivre des plus démunis et Xavier était particulièrement sensible à la cause animale, ainsi qu'aux bienfaits que l'animal de compagnie procurait à l'humain.

À son retour chez elle, Julie eut la surprise de trouver Nicolas.

— Déjà rentré ? lui demanda-t-elle.

— J'avais pris ma journée, pour passer un peu de temps avec toi… Tu étais où ?

Julie était confuse. Elle avait oublié que Nicolas ne travaillait pas ce jour-là.

— Désolée, Nico, j'ai complètement zappé… J'ai déjeuné en ville, et puis j'ai aidé un SDF…

— Un SDF ?

— Oui, tu sais, celui qui est toujours vers le square près de l'église. Avec le chien noir qui ressemble un peu à un labrador…

— Julie, je ne connais pas tous les SDF du quartier ! Et encore moins leur chien !

— C'est dommage. Un sourire, un peu d'attention, de compassion, ça peut faire plaisir des fois.

Nicolas haussa les épaules.

— J'ai autre chose à faire que de m'occuper de toute la misère du monde !

— Oui, ça j'avais remarqué…

— Comment ça ?

— Toi tu es là pour gagner de l'argent, pour acheter de belles choses, pour faire croire aux autres que tu as réussi. Et dans ta boîte, tu exploites les petits clients, et tu déroules le tapis rouge devant les gros.

— Ça va, ton discours idéalo-gauchiste, je le connais ! Alors tu lui as donné de l'argent à ce SDF, c'est ça ?

— Non Nicolas. Pas de l'argent. Xavier a soigné son chien. C'est tout. Il n'y a rien de gauchiste là-dedans. Juste un peu d'humanisme !

— Toi et lui, vous faites la paire, décidément !

— Mais enfin, tu ne réalises pas que le chien de ces personnes est certainement l'être qui compte le plus à leurs yeux ! Que tous ces SDF sont dans la misère, que cela peut arriver à n'importe qui de se retrouver à la rue ?

— N'importe quoi ! Pas à nous, en tout cas ! Quand tu te bouges un minimum, tu en as du boulot, faut arrêter avec ces discours !

Julie quitta la pièce. Ses livres, sa musique et ses amis Laure et Xavier étaient de bien meilleure compagnie que celui qui partageait sa vie depuis plusieurs années.

***

Le poignet avait retrouvé sa motricité. Seuls quelques maux de tête assez violents et soudains subsistaient de temps à autre, mais leur fréquence s'espaçait. Une fois la rééducation terminée,

Julie se retrouvait seule durant ses journées. Face à elle-même, sans contrainte de travail, un peu comme lorsqu'elle était au centre de soins dans le Périgord. Elle passait ses journées à lire, à rendre visite à sa grand-mère dont la santé se dégradait à vue d'œil. Aussi, elle déjeunait souvent avec Xavier, passait le voir à la clinique vétérinaire, et consacrait du temps à Laure, en fin de journée après son travail.

Elle ressentit assez vite le besoin de renouer un lien social avec ses collègues de travail, bien que toujours en arrêt maladie. Elle prit le chemin de son bureau au beau milieu de la journée. Étrange sensation que d'emprunter ce trajet.

Dans le hall du bâtiment de la compagnie d'assurance, rien n'avait changé. L'hôtesse la salua comme si elle l'avait vue la veille.

— Bonjour ! Comment allez-vous ? Cela fait un moment qu'on ne s'est pas vues ?

— Ah ?

— Oui, quelques semaines, quand même…

— Désolée, madame Singer, je n'avais pas remarqué ! Vous savez, les jours se suivent et se ressemblent ! Et les semaines défilent tellement vite !

— C'est vrai, vous avez raison. Bonne journée à vous !

Julie eut la sensation qu'une éternité s'était écoulée depuis son accident : il y eut le coma, le réveil, la rééducation, la rencontre avec Christine, le retour à la maison. Elle avait vécu en quelques semaines plus de choses qu'en plusieurs années d'affilée. Contrairement à l'hôtesse d'accueil, qui reproduisait chaque jour son métro-boulot-dodo millimétré.

À croire que lorsque les jours se ressemblent trop, le temps passe plus vite. Comme si la manière de vivre sa vie pouvait défier les lois arithmétiques du temps et de l'espace.

Au fur et à mesure que Julie parcourait les couloirs du bâtiment, elle croisait des collègues qui la saluaient brièvement, avant de passer leur chemin sans réaliser son absence durant plusieurs semaines. Plus elle avançait, plus elle voyait dans tous ces employés, dans ce bâtiment, dans ces bureaux, une organisation ultra-rigoureuse, parfaitement réglée : comme des fourmis dans une gigantesque fourmilière, chacun connaissait sa liste de tâches à exécuter. Ces tâches, il faudrait les remettre à son responsable hiérarchique, celui qu'on appelait le « N+1 » qui, lui-même, les exploiterait pour les compléter encore au profit de son hiérarchique, et ainsi de suite jusqu'au sommet de la pyramide. Chacun apportait sa pierre à l'édifice. Ainsi fonctionnait toute organisation. Quand une fourmi s'avérait défaillante, ou fatiguée, on la remplaçait par une autre. Ce n'était jamais un problème en soi. Les fourmis apprenaient vite, on ne voyait pas la différence après un peu d'entraînement. De toute façon, toutes se ressemblaient. Donc faciles à remplacer. Faciles à oublier aussi.

À la sortie des bureaux, il serait amusant d'observer le bâtiment se vider complètement, toujours de la même manière : il y aurait ceux qui quittent leur bureau assez tôt – et se font taquiner par ceux qui restent tard –, ceux qui partent avec la plus grande partie du troupeau, et enfin ceux qui attendent que le chef soit parti après avoir pris deux minutes pour envoyer un e-mail tardif sensé prouver une implication totale dans le travail. Comme si, en France, l'heure de départ du bureau avait un quelconque rapport avec l'efficacité et la conscience professionnelle. Le lendemain, le flux inverse remplirait de nouveau les bureaux. Le cycle était perpétuel.

Julie croisa un de ses collègues près de la machine à café. Ravi de la revoir, il lui expliqua que les dernières semaines furent difficiles pour le service avec une ambiance pesante. Leur responsable, très apprécié, qui devait prendre sa retraite d'ici peu, était parti prématurément après une violente altercation avec un directeur. Celui à cause duquel Julie avait d'ailleurs claqué la porte de la réunion, le jour de son accident. Cet homme était odieux. Autoritaire, hautain, misogyne, mesquin et, aussi, malhonnête. Il n'hésitait pas à refuser catégoriquement – et avec un certain mépris – les propositions de ses collaborateurs pour ensuite se les approprier.

Cette pratique était en outre monnaie courante dans l'entreprise. Il fallait jouer finement. Ne pas faire de vagues. Respecter scrupuleusement le politiquement correct. Hausser les épaules lorsqu'un collaborateur proposait une idée lumineuse. Le laisser accepter l'échec de son idée, pour qu'il l'oublie. Et enfin, un beau jour, « habiller » cette idée pour lui donner un air nouveau, se l'approprier et recevoir les éloges de la hiérarchie pour son esprit innovant. Monsieur Robillard, directeur du marketing, était expert en la matière. Il assurait l'intérim dans le service de Julie en attendant la nomination d'un nouveau responsable, avec l'intention de « remettre de l'ordre ».

— Tiens ! Julie Singer ! Qu'est-ce que vous faites là ? Je vous croyais en arrêt de travail ?

— Je le suis en effet. Encore un mois.

— Vous vous êtes calmée, depuis la dernière fois, on dirait… Continuez donc de vous reposer, on se verra dans un mois. À moins que vous ne souhaitiez que l'on parle maintenant de la suite vous concernant !

— Que voulez-vous dire ?

Il l'invita à le suivre dans son bureau.

— Je ne vous propose pas un café, je présume que vous avez pris le temps d'en partager un avec vos collègues ? Asseyez-vous, dit-il de façon autoritaire.

Debout, les mains appuyées sur son bureau, face à elle, il employa un ton glacial qui lui fit l'effet d'un coup de poignard dans le dos.

— Avez-vous constaté des changements majeurs depuis la dernière fois que vous êtes venue, avant votre « accident » ?

— Non, je ne crois pas... Mais je ne comprends pas trop votre question : je suis juste de passage, pas au travail, donc c'est difficile à dire.

— Très bien, alors je reformule : la compagnie a-t-elle fait faillite ? Pensez-vous que les choses aillent mal pour nous tous ?

— Non, je ne vois pas pourquoi... Je ne comprends toujours pas !

— Ce n'est pourtant pas bien compliqué : vous n'êtes plus là depuis plusieurs semaines. Votre responsable adulé non plus, comme vous. Et pourtant, l'entreprise continue de tourner, sans lui, sans vous. Vous comprenez mieux maintenant ? Personne n'est irremplaçable !

Julie ravala sa salive. Elle se leva de son fauteuil. Le sentiment de supériorité de cet homme hautain et cynique, accru par sa position debout, lui était insupportable.

— Évidemment, personne n'est irremplaçable ! Et heureusement ! C'est l'intérêt d'un bon travail en équipe, vous ne croyez pas ? Être capable de pallier les absences, de fonctionner en binôme, c'est ce qu'on a toujours fait !

— Décidemment vous avez du mal à comprendre : votre place d'analyste risque, vous pouvez faire une croix dessus. Le service va être entièrement remodelé. Fini le monde des Bisounours ! Comme on ne savait pas si vous reviendriez, si je puis dire, on a appris à se passer de Julie Singer. Et comme apparemment vous semblez envisager un retour, on va voir ce qu'on peut vous proposer !

— J'ai bien compris, monsieur Robillard, je ne suis pas stupide. Voyez-vous, je suis venue ici pour saluer mes collègues. Alors je vais continuer mon chemin. Et je vous souhaite une bonne journée. La compagnie a de beaux jours devant elle avec des personnes de votre envergure, alors bonne chance !

La jeune femme quitta le bureau la tête haute, sans baisser le regard. Sans trop prêter attention à ceux qu'elle croisait de près ou de loin, elle n'avait plus qu'une idée en tête : donner un sens à sa vie. Ne plus participer à un système dont elle ne partageait plus les valeurs. Revenir aux fondamentaux. Après cette fameuse réunion qui précéda son accident, elle avait osé, pour la seconde fois, sortir du moule grégaire du politiquement correct. Elle, petite cadre dans les assurances, femme de surcroît, avait affronté un directeur pour lui exposer sa vision. Elle pouvait en être fière. Et elle l'était.

Une fois rentrée chez elle, elle saisit une feuille de papier et commença à rédiger une lettre de démission. Puis elle prit un temps de réflexion. Elle déchira la lettre. Un congé sans solde, ce serait mieux. Plus facile à négocier, dans un premier temps. Elle avait suffisamment d'argent de côté. Et pas de besoins extravagants. Elle écrivit la lettre. À son retour, Nicolas fut furieux.

— Tu fais n'importe quoi, ma pauvre ! Ta carrière, c'est maintenant ou jamais ! Tu le sais très bien !

— Pardon, Nico, que veux-tu dire exactement ?

— Enfin, Julie, ne fais pas l'innocente : tu as trente ans… Un jour, tu voudras des enfants, et tu vas devoir lever le pied sur tout ça !

— Comment ça ? Et toi, tu le lèveras le pied, pour m'aider ? Et si j'étais revenue paraplégique ou handicapée de mon accident, tu l'aurais levé, toi, le pied ? Tu l'aurais sacrifié, ton job, pour moi ?

Hors d'elle, elle ne lui laissa pas le temps de répondre :

— Tu sais quoi, Nicolas ? Ne réponds pas ! Je préfère ne pas savoir ! Toi, tu te focalises sur des aspects purement matériels. C'est tout ça qui a failli me faire mourir ! Le matériel, le statut social, au détriment de la liberté !

— Et c'est reparti avec les discours utopistes ! En tout cas, c'est pas un congé sans solde qui va te donner à manger !

Nicolas tenta une approche tendre et affectueuse, mais Julie le repoussa doucement. Elle réunit quelques affaires et s'apprêta à quitter l'appartement.

— Qu'est-ce que tu fais ?

— J'ai besoin de faire un break. Je vais partir quelques jours chez ma grand-mère. Elle ne va pas bien et je voudrais passer du temps avec elle.

— Et après ?

— Je sais pas. On verra. Demain est un autre jour.

Julie quitta calmement l'appartement. Son inquiétude pour l'état de santé de sa grand-mère occupait davantage son esprit que la déception liée à sa relation compromise avec Nicolas. La vieille dame habitait dans une jolie échoppe bordelaise du quartier de Caudéran. Atteinte d'un cancer depuis plusieurs années, la maladie avait récidivé. Elle avait bien décliné au cours des derniers mois et son état s'était fortement dégradé après l'accident de Julie. Sa petite-fille voulut passer un peu de temps avec celle qui l'avait élevée seule, après la mort de ses parents dans un accident lorsqu'elle était petite. La grand-mère était condamnée à courte échéance. Originaire de Corse, sa volonté était de retourner une dernière fois sur la terre de ses ancêtres avant de fermer les yeux pour toujours. Julie avait envie de la suivre dans ce dernier voyage. La Corse l'attendait pour un pèlerinage bouleversant.

***

Après avoir accompagné sa grand-mère dans la dernière étape de sa vie, la jeune femme rentra à Bordeaux. Ces quelques jours sur l'île de beauté furent initiatiques. Une révélation. À la douleur de la perte de celle qui l'avait choyée pendant plus de vingt ans se mêlait l'émotion liée à la découverte de ses origines, et la prise de hauteur sur la vie, sur la mort, sur le miracle d'être encore là après son accident.

Sans aucun doute, elle y retournerait, bientôt.

Xavier l'attendait à l'aéroport. Le vol en provenance d'Ajaccio venait de se poser.

Il la conduisit à Caudéran, devant la maison de sa grand-mère.

— Entre, si tu as un petit moment.

— C'était chez elle ?

— Oui, c'est là que j'ai grandi. Je l'ai toujours vue dans cette maison. C'est bizarre de se dire qu'elle ne reviendra pas.

— Tu vas faire quoi, maintenant ?

— Je ne sais pas. Je vais aviser au jour le jour. Ranger un peu toutes ses affaires, ici. Puis je devrai retourner en Corse. Il va falloir que je me rende chez le notaire. En début d'année, je pense.

— Vous aviez une maison, là-bas ?

— La maison de famille, oui. Ma grand-mère et moi n'y étions pas retournées depuis la mort de mes parents. Ce lieu est chargé d'histoire.

Julie semblait émue, comme si elle était encore habitée des lieux qu'elle venait de quitter après les obsèques de sa grand-mère. Xavier posa sa main sur son bras.

— Pardon, Julie, je ne voulais pas te faire de peine.

La jeune femme ne put retenir ses larmes.

— Cette terre et ses habitants m'ont accueillie comme si j'étais des leurs. Je n'ai jamais ressenti autant de chaleur humaine. J'ai compris beaucoup de choses, là-bas. Ma vie est ici, mais une partie de mon cœur est sur cette île.

— Je vais te laisser. Tu dois avoir besoin de te reposer. Ce week-end, j'avais prévu de me balader à l'océan. Je t'appelle, OK ?

La nuit qui suivit fut agitée pour la jeune femme. Elle rêva de manière totalement désordonnée, sans se souvenir des détails hormis des lumières de gyrophares, des visions de Chloé, la femme décédée de Xavier, de cette maison de famille en pierre, en Corse.

Le lendemain, elle décida, après plusieurs jours sans donner ni recevoir de nouvelles, de passer voir Nicolas. Il fut vexé de ne pas avoir été prévenu du décès de sa grand-mère. Elle s'en excusa. Tout avait été si vite. Et les jours avaient été tellement chamboulés ces derniers temps. Lorsque Nicolas aborda l'idée que sa compagne pourrait mettre en vente les biens de sa grand-mère, avec une approche digne des meilleurs gestionnaires de patrimoine, elle ne lui en voulut point. Il était fidèle à son rôle et à ses convictions. Les aspects matériels l'emportaient sur l'humain, mais sans aucune malveillance de sa part.

Là, Julie comprit qu'il en serait toujours ainsi. Le fossé ne pouvait que se creuser entre eux. Lui ne changerait jamais. Du moins, pas maintenant. Elle avait choisi la quête de sens, l'envie de vivre pour vivre, pas pour posséder. Dans cette seconde vie qui lui tendait les bras après que le destin l'eut décidé, elle avait écarté l'idée de retourner travailler dans les assurances. S'éloigner de Nicolas était désormais une évidence. Une forme d'honnêteté. Il fut profondément affecté de la décision irrévocable de sa compagne. Mais elle savait qu'avec le temps, ils pourraient rester en bons termes, et, peut-être devenir amis.

— Sois heureux, Nico. Tu le mérites.

***

Xavier vivait aux Chartrons, à deux pas des quais de la Garonne. Un « petit Paris », comme disaient souvent les nouveaux arrivants dans ce quartier bordelais. Dans son appartement, Chloé était partout. Ses vêtements n'avaient pas bougé du dressing. Deux mois, presque trois déjà qu'elle n'était plus là. Les photos de voyage, de leur mariage aussi, ses peintures et croquis étaient toujours à leur place. Pourtant, après cette entrevue avec Julie, il se résolut à mettre un peu d'ordre et à reprendre contact avec le frère de Chloé, Jérôme.

— S'il y a des objets, des photos, des vêtements que tu souhaites récupérer, dis-moi.

Jérôme sourit à son beau-frère.

— Je suis heureux, Xavier, que tu me le proposes.

— C'est normal, tu es son frère. Et vous étiez très proches tous les deux.

— C'est vrai. Mais ce n'est pas pour cette raison que je te dis cela. Je suis heureux pour toi. Le fait que tu t'attelles à mettre de l'ordre, c'est une bonne chose. Tu vas enfin pouvoir commencer ton deuil. Il le faut. Elle ne reviendra pas. Tu as été un mari formidable, jusqu'au bout. Tu lui as donné plus que ce que tu pouvais.

— Toi aussi tu as été là quand il fallait. On l'a entourée du mieux qu'on a pu. Je l'aimais tellement, tu sais.

— Je sais. On l'adorait tous, Chloé. Je peux t'aider à faire du tri, si tu veux. Pour les vêtements, je pense que tu devrais les donner à une association, qu'en penses-tu ?

— Tu crois ?

— Oui, Xavier. Il faut te séparer de tout cela pour tourner la page. Tu en as parfaitement le droit. C'est ce qu'elle aurait voulu, je n'ai aucun doute à ce sujet.

Le téléphone de Xavier émit un son, c'était un SMS. Il ne put retenir un large sourire.

Demain, il fait beau. Si ta proposition tient toujours, je veux bien faire un tour à l'océan. Bises, Julie

Jérôme avait compris. Il posa sa main sur son épaule.

— Il faut que tu profites Xavier, maintenant. Tu dois regarder devant toi. Pas en arrière. C'est ce qu'elle voudrait. Je la connaissais mieux que personne, ma petite sœur. C'est une évidence.

Les deux amis restèrent ensemble jusqu'à tard dans la soirée. Après le départ de Jérôme, Xavier répondit au SMS de Julie.

Super. Je te réponds tard, j'espère ne pas te réveiller. Je passe te prendre demain vers 10 heures si c'est OK pour toi. Bonne nuit, Xavier.

Tu ne me réveilles pas, il y a « Nous finirons ensemble » sur Canal. Tu sais, la suite des « Petits Mouchoirs » ? OK pour demain matin. Merci. Bonne nuit. Julie.

Xavier alluma sa télévision pour regarder le film de Guillaume Canet qu'il avait déjà vu au cinéma.

Le lendemain, il prit la route avec Julie vers la plage de l'Horizon, au Cap Ferret.

— C'est là qu'elle a fermé les yeux pour la dernière fois. Elle est morte dans mes bras. Elle voulait voir l'océan avant de partir. Presque trois mois déjà.

Ils marchèrent quelques minutes sans se dire un mot. En quittant la plage, lorsque Xavier franchit le sommet de la dune, il marqua un temps d'arrêt. Il se retourna vers l'océan. Puis vers Julie, pour continuer son chemin.

Tous deux dégustèrent un plateau d'huîtres et de crustacés devant la lagune du Mimbeau, sur le côté bassin de la presqu'île du Cap Ferret. Les lumières changeantes donnaient des airs d'aquarelles au bassin d'Arcachon en illuminant la dune du Pilat, au loin, majestueuse.

Le lendemain, Julie rédigea un court SMS à destination de Xavier.

Merci pour hier. J'ai passé une très agréable journée.

Puis elle l'effaça. Elle recommença :

Il y a la brocante des Quinconces en ce moment. Si tu veux me rejoindre, j'y serai cet après-midi.

Comme le précédent, elle l'effaça.

Il fallait le laisser un peu seul. Ne pas être trop intrusive. Lui aussi traversait une période difficile. Elle attendrait un peu avant de lui écrire. En revanche, flâner dans les allées de la brocante, s'imprégner de cette ambiance singulière, voir tous ces objets chargés d'histoire auxquels une seconde vie tendait les bras, tout cela n'avait pas besoin d'attendre.

La place grouillait de monde. Des personnes de tous âges, de toutes générations. Certains meubles anciens lui rappelaient la maison de Corse de sa grand-mère. Leur simple vue semblait transporter leur odeur de vieux bois et de cire. Elle ne put s'empêcher de s'interroger sur ce qu'elle allait faire de tout ce que sa grand-mère lui avait laissé : l'échoppe de Bordeaux, la maison de Corse, et tous ces meubles, tous ces objets, tous ces souvenirs. Cela n'avait pas de sens de tout conserver. D'ailleurs, tous les objets de la brocante étaient là pour cette raison. Il ne fallait pas culpabiliser de s'en séparer. Ce n'étaient que des objets.

— Moi aussi, je me dis qu'il va falloir vider un peu les placards et la maison…

Julie sursauta. C'était Xavier.

— Tu m'as fait peur ! Que fais-tu là ? Tu aurais dû m'appeler, on serait venus ensemble !

— J'ai failli le faire, et puis j'ai pensé que tu voudrais être un peu tranquille. Mais toi aussi tu aurais pu m'appeler !

— Eh bien, figure-toi que je me suis dit exactement la même chose !

La nuit tombait, le marché de Noël sur les allées de Tourny et les illuminations de la place de la Comédie en arrière-plan revêtaient des airs féériques. L'ambiance de Noël avait quelque chose de joyeux et de mélancolique à la fois. Une année allait s'achever pour laisser place à un nouveau cycle, une nouvelle décennie. Les deux amis dégustèrent un chocolat chaud face au Grand Théâtre. Xavier proposa de passer le réveillon du jour de l'An en sa compagnie, avec son beau-frère Jérôme et son épouse, chez des amis à Saint-Emilion. Elle accepta.

Une belle fête fut organisée dans la propriété pour la Saint-Sylvestre. Julie reconnut certains visages croisés lors du mariage de Jérôme et Nathalie, quelques mois plus tôt.

Elle eut une pensée pour Nicolas. Elle ne l'avait pas revu depuis leur rupture. Elle s'isola sur la terrasse. Il ne faisait pas trop froid. Ils parlèrent un bon moment au téléphone. La discussion fut détendue, amicale. Elle comprit que son ancien compagnon, sans le lui avouer directement, avait rencontré quelqu'un. Elle en était ravie et s'amusa de sa discrétion, ou plutôt de sa pudeur à ne pas l'avouer maintenant.

Minuit approchait. L'heure de s'adresser les vœux pour la nouvelle année était venue. Xavier entrelaça ses doigts dans ceux de Julie. Elle eut un frisson. Puis il l'embrassa tendrement sur la joue.

— Tu es rayonnante. Je te souhaite le meilleur pour cette nouvelle année.

— Merci, pour tout ce que tu as fait pour moi. Merci aussi pour cette magnifique soirée. Un vrai bonheur d'être ici, et de retrouver Jérôme et Nathalie. J'espère que l'année qui vient sera porteuse de bonheur pour toi. Vraiment.

L'image de Chloé traversa l'esprit de Xavier. Pour elle, il fallait continuer. Pour elle, il devait regarder devant. C'est ce qu'elle aurait voulu. C'est le message qu'elle avait transmis lorsque les fleurs de sa tombe avaient refleuri, quelques semaines plus tôt.

Tard dans la nuit, Xavier déposa Julie chez elle. Avec une certaine retenue, il l'embrassa sur la joue. Mais lorsqu'elle posa sa main doucement sur son visage en lui murmurant qu'elle avait passé une soirée inoubliable, il fut embarqué dans un océan d'émotions. Il désira Julie comme jamais il ne l'aurait imaginé. Les frontières de l'amitié étaient rompues. Ils passèrent une fin de nuit merveilleuse. Le tact, la sensibilité, la tendresse de cet homme n'allait pas tarder à la rendre amoureuse.

***

Les semaines de janvier défilèrent à vitesse éclair. Julie mettait de l'ordre dans la maison de sa grand-mère et avait la sensation qu'elle en avait encore pour un bon moment. Des tiroirs aux placards, de la cave au grenier, elle s'était attelée à dissocier tout ce qui pouvait être donné, ou jeté, et tout ce qui représentait une valeur sentimentale, ou encore un témoignage du passé de sa famille.

Quant à Xavier, la période, tristement propice aux abandons d'animaux de compagnie, l'occupait de longues journées, les week-ends aussi, par ses actions bénévoles pour le dispensaire et la SPA.

Mais cela n'expliquait pas tout. Depuis le réveillon, il s'était montré plus distant que d'ordinaire à l'égard de Julie. Elle ne comprenait pas. Il ne répondait plus à ses appels, et de manière très brève à ses SMS. Elle en vint à penser qu'il regrettait ce qui s'était passé, qu'ils auraient mieux fait de rester simplement amis. En succombant à la tentation, ils avaient peut-être tout gâché. Et pourtant, pensait Julie, s'il y avait eu tentation, cela ne signifiait-il pas que l'amitié n'avait plus sa place ? Elle reçut un SMS qui ne l'avança pas davantage.

Pardonne mes silences. Je suis un peu perdu en ce moment. J'ai besoin d'un peu de temps. S'il te plaît, ne m'en veux pas. Prends soin de toi.

Afin d'en avoir le cœur net et d'en finir avec cette insupportable incertitude, elle décida de reprendre contact avec Jérôme. Là, elle comprit que Xavier avait toujours quelques difficultés à accepter l'idée de tourner la page. Janvier, c'était le mois de l'anniversaire de Chloé. Jérôme suggéra à Julie de faire preuve de patience, si elle le pouvait.

— Même avec moi il a pris ses distances. Depuis le réveillon, on s'est à peine parlé !

— Que me conseilles-tu ? Je ne sais pas quoi faire… Si je ne donne pas signe de vie, il va croire qu'il ne compte pas pour moi. Si je le rappelle, j'ai vraiment la sensation d'être trop intrusive…

— Je ne sais pas, Julie. Je pense qu'il a besoin de ce passage à vide, un peu comme s'il était dans « sa grotte », tu vois ? Il est comme un ermite en ce moment. À mon avis, il ne faut pas le brusquer. Fais-lui confiance.

— De toute façon, je vais devoir m'absenter très bientôt…

— Comment ça ?

— Je dois retourner en Corse pour régler la succession de ma grand-mère chez le notaire. Vu ce que tu me dis, je vais avancer mon séjour, je crois ! Me retrouver moi aussi dans « ma grotte »…

— Tu vois, je ne pense pas me tromper en affirmant que s'il agit ainsi, c'est tout simplement parce qu'il ressent de profonds sentiments à ton égard. Et aussi parce qu'il n'a pas encore totalement accepté qu'il en avait le droit. Il est perdu, parce qu'il est amoureux de toi, Julie. J'en suis intimement persuadé.

— C'est déroutant, tout de même…

— Laisse-lui un peu de temps. Cela en vaut la peine. Crois-moi.

Julie rentra chez elle un peu dépitée. Elle craignait que les choses aient été trop vite avec Xavier, et qu'un lien se soit brisé. Le seul moyen de prendre un peu de recul et de se ressourcer était de partir. La Corse lui tendait les bras. Elle devait s'y rendre, de toute façon. Nul besoin d'attendre. Les vols pour Ajaccio étaient moins fréquents en hiver, mais en passant par Paris, c'était jouable.

Elle hésita un instant à passer à la clinique vétérinaire pour dire au revoir, malgré tout, à Xavier. Puis se ravisa. Elle ne pouvait l'obliger à sortir de son isolement. Attendre serait la solution la plus sage.

Elle ignorait toutefois qu'il avait envisagé, lui aussi, un court instant, de venir jusqu'à chez elle. Avant de se raviser. Seul chez lui, il s'approcha du piano situé dans le salon. Il s'installa sur le tabouret. Sur le pupitre, devant les partitions, se trouvait une photo encadrée de son mariage avec Chloé. Il la saisit et la regarda longuement. Puis il retourna le cadre et le posa délicatement sur le haut du piano, face cachée. Il le rangerait, après. Il pourrait regarder les photos quand il le souhaiterait, de toute façon. Pas besoin de les avoir sous les yeux partout dans la maison. Elle resterait à jamais dans son cœur. Et aussi, il avait le droit d'atténuer son omniprésence. Jérôme le lui avait dit et il avait sûrement raison.

Xavier fixa le piano. Il souffla dessus. Quatre mois de poussière s'envolèrent. Il souleva le capot, puis saisit une partition. Les yeux fermés, il ouvrit une page au hasard. C'était « Liebesträume[1] » de Franz Liszt. Il n'avait pas besoin des notes. Virtuose, il jouait divinement et connaissait les morceaux par cœur. Il referma les yeux et joua avec son cœur et ses tripes. Son instinct mélomane le guida dans une interprétation digne des plus grands pianistes. De la douceur dans l'enchaînement des premières portées à l'intensité que ses doigts transmettaient aux touches lorsqu'il fallut monter dans les octaves. Lui et l'instrument ne faisaient qu'un. La communion parfaite.

Julie déjeuna avec son amie Laure le jour de son départ. Cette dernière l'accompagna jusqu'à l'aéroport de Mérignac.

— Je serais bien venue avec toi, là-bas ! Tu m'inviteras ?

— Laure, je ne pars que quelques jours, quelques semaines tout au plus ! Je vais revenir ! Et la Corse, ce n'est pas le bout du monde… On sera à une heure l'une de l'autre !

— OK, je te préviens : si je ne te revois pas très vite, je débarque à l'improviste dès que j'ai des vacances !

---

[1] « Rêve d'amour »

— Tu seras toujours la bienvenue ! Et si tu veux découvrir la Corse, je te prêterai la maison !

— Mais tu ne devais pas vendre ?

— En fait, non… J'y suis trop attachée.

— As-tu prévenu Xavier que tu partais ?

— Non. Mais de toute façon, je ne vais pas rester très longtemps. Enfin, je ne crois pas.

— Fais attention, tout de même… Tu as vu ce qui se passe en Italie ? Ils parlent de confinement avec ce fichu corona virus… Tu risques de rester bloquée là-bas si la situation se gâte…

— On verra bien ! Je n'ai pas envie de penser à tout ça. Une chose est sûre : je vais revoir mon île et cela me fera le plus grand bien ! J'ai besoin de dé-con-nec-ter !

Julie mit son téléphone en mode avion. Son siège était près du hublot, à gauche de l'appareil. Le meilleur endroit pour apercevoir les côtes de l'île dès que l'avion survolera la Méditerranée. La vue sur le Cap Corse, la Revellata, la réserve de Scandola et surtout, au loin, la Paglia Orba, « reine des montagnes corses » lui procurèrent quelques frissons. Le souvenir des odeurs de son île lui revint à l'esprit. Lorsqu'elle posa le pied sur le tarmac, un air doux lui caressait le visage. Un bien-être, un sentiment de paix intérieure l'envahit. Elle prit la route pour se recueillir sur la tombe de sa grand-mère avant de rejoindre la maison. Dans le jardin, elle cueillit quelques citrons mûrs qui, très vite, diffusèrent leur doux parfum dans la pièce. Ces citrons, quand elle était petite, ses parents les pressaient et elle buvait leur jus nature, sans sucre. Ils avaient quelque chose d'unique. La Corse d'ailleurs était unique. Sur la table, elle aperçut un pot de miel avec un petit mot :

Quand tu reviendras, car tu as promis que tu le ferais, tu n'auras peut-être pas le temps de faire des provisions. Alors on te laisse un pot de miel de châtaigne. Dans le réfrigérateur, tu trouveras une bouteille de rosé et une Orezza. Au congélateur, un peu de viande et une baguette. Dans la cave, des légumes, de la charcuterie et des bocaux. Mais quand tu arriveras, viens à la maison, comme tu le sais nous avons toujours de quoi pour une personne de plus à table. Hâte de te revoir, petite Julie. Basgi, Dumè et Serena.

Dominique, appelé Dumè, était un arrière-petit-cousin de Julie et habitait le village d'Eccica-Suarella avec son épouse Serena de l'autre côté de la vallée. Leur générosité et leur aide furent précieuses pour la jeune femme lors du décès de sa grand-mère. L'hospitalité fut de nouveau au rendez-vous. Encore étrangère quelques mois plus tôt, Julie savait que sur terre, elle ne serait jamais vraiment seule.

Dans sa maison – car elle avait définitivement renoncé à la vendre –, Julie prenait le temps de faire du tri, de découvrir les objets, les histoires, les secrets que renfermait ce lieu. Ce n'est qu'après plusieurs jours qu'elle réalisa que son téléphone était resté en mode avion. Lorsqu'elle le réactiva, de nombreux appels et messages apparurent : de Laure, qui s'inquiétait de l'absence de nouvelles, de Xavier aussi qui avait tenté de la joindre plusieurs fois pour finalement lui envoyer plusieurs SMS.

J'espère que tout va bien de ton côté. Je suis passé chez toi mais tu n'étais pas là. Je reviendrai demain.

Les volets étaient toujours fermés. Je suis inquiet, tu ne réponds pas au téléphone. Donne-moi des nouvelles, s'il te plaît.

Je suis rassuré : ton amie Laure m'a expliqué où tu étais. Bon courage pour régler les affaires liées à la succession.

Pourquoi ne réponds-tu à aucun de mes messages ? J'aimerais te parler, te revoir. Je crois bien que tu me manques.

Ce dernier message offrait à Julie un début de réponse à ses questionnements. « Je crois bien que tu me manques ». Ces mots revenaient dans son esprit. Lui aussi commençait à lui manquer. Mais elle attendrait avant de lui répondre. Le message datait déjà de plusieurs jours. Elle fut sidérée de réaliser que son téléphone était resté éteint aussi longtemps, elle qui ne pouvait s'en passer quelques mois plus tôt dans sa vie d'avant. Ce temps-là lui semblait si loin. Le directeur du marketing, les pauses café, sa vie avec Nicolas, l'analyse des statistiques, le monde des assurances : cette époque était définitivement révolue. Elle n'avait pas la moindre idée de ce que serait son lendemain, mais elle savait avec détermination ce qu'elle ne voulait plus. L'enchaînement défilait dans ses pensées : la dispute avec son collègue du service client, puis avec Nicolas, suivie de la réunion qu'elle quitta soudainement pour se retrouver quelques minutes plus tard victime d'un accident de circulation, entre la vie et la mort. Et puis son réveil, sa seconde vie.

***

Depuis plusieurs semaines, un mystérieux virus provenant de Chine menaçait de s'étendre à travers la planète. Laure avait raison. Ce qui ressemblait initialement à une simple grippe inquiétait désormais scientifiques et médecins du monde entier. Julie n'y avait absolument pas prêté attention jusque-là. Elle avait bien d'autres préoccupations. Pourtant, tel un effet papillon, cet ennemi invisible allait bouleverser la Terre entière. L'Italie voisine souffrait déjà douloureusement. Bientôt, viendrait le tour de la France. Tel un couperet, le confinement total fut annoncé pour le pays. Comme pour de nombreux Français, ce fut un électrochoc pour la jeune femme. Quelque chose d'inédit survenait. Comme une plongée dans le vide. Une navigation à l'aveugle. Impossible de prédire de quoi demain sera fait. « Nous sommes en guerre », répéta notre président à maintes reprises lors de son allocution au journal télévisé de vingt heures.

Le lendemain de ces annonces, Julie n'alluma ni la télévision ni la radio. Dans un silence absolu, ses pensées divaguaient en arborescence. Une guerre, cela signifiait des moments difficiles. Puis une nouvelle ère. Toutes les guerres s'étaient achevées par une entrée dans un nouveau cycle. Un monde d'avant, un monde d'après. Plus que jamais idéaliste, elle imaginait un monde meilleur, avec l'envie farouche d'écarter l'option du retour à notre système d'avant. Un monde plus respectueux de l'environnement d'abord. Où l'humain cesserait, telle une espèce invasive, de gaspiller les ressources de notre généreuse planète. Où l'on cesserait la course à la compétitivité, à la consommation, à la croissance, à la mondialisation. Où l'on saurait se contenter de moins. Où les ressources seraient mieux réparties entre les territoires. Quitte à être moins riche. Elle se souvint d'un vieil ami qui disait : « L'argent n'a pas de valeur ». Il avait raison. La seule valeur qui vaille, c'était d'être en vie. Revenir aux fondamentaux. Pour Julie, être rescapée sur le fil d'un terrible accident était bien plus important que tout le reste.

Près de la platine vinyle qui appartenait à sa grand-mère, de nombreux trente-trois tours étaient soigneusement rangés. Elle en saisit un, au hasard, en fermant les yeux. Un disque qui compilait les plus beaux morceaux de piano de tous les temps. Un bijou absolu qui procura à ces lieux hors du temps une impression de pureté absolue, comme au premier jour. Le piano possédait la magie de se suffire à lui-même.

Elle ouvrit les volets. La lumière pénétra à l'intérieur de la maison. L'atmosphère était exceptionnellement douce. Les rayons du soleil illuminaient certains meubles, comme le vieux piano qui semblait être là depuis des siècles. Elle ouvrit la porte de la maison puis se dirigea vers le vieil olivier, au fond du jardin, d'où s'étendait la vue sur la vallée du Prunelli. Dans une profonde inspiration, elle s'emplit les poumons des odeurs de son île. Citronniers, cédrat, immortelles, fleurs du maquis, toutes ces fragrances l'enveloppaient dans une ambiance paisible et sereine.

Un morceau de piano se termina. Un court silence fut suivi d'un nouvel air. Elle ne savait pas trop s'il était dans ses pensées ou bien réel. C'était étrange. Comme si le vieux piano s'était mis à jouer tout seul. Elle reconnut « Liebestraüm » de Frantz Liszt. L'interprétation était intense et lui donnait des frissons.

Face à la vallée, son regard, qui fixait la rivière en contrebas, fut soudain troublé par l'apparition d'une seconde ombre à côté de la sienne. Xavier se tenait près d'elle. Nul besoin d'entamer une conversation pour se comprendre. L'évidence était là, à ses côtés. Il l'enlaça tendrement et tous deux restèrent un long moment devant ce décor sauvage et sublime.

Demain, demain seulement, on pensera à la vie, à la mort, et à pourquoi on vient sur terre. Pour l'instant, ayons l'air d'être ailleurs. Je leur dirai que j'ai rêvé.

Remerciements

Un immense merci tout d'abord à toutes les personnes qui m'ont accompagnée dans l'élaboration de ce recueil, pour leur confiance et leur implication : Emmanuelle Jappert, Albane Ployart, les équipes du Lys Bleu Éditions.

Je pense aussi à tous ceux qui m'ont encouragée, qui ont cru en mon projet d'écriture, à tous ceux qui furent aussi mes sources d'inspiration : merci à mes collègues, anciens collègues et amis, des quatre coins de France avec un clin d'œil spécial aux Bordelais, Auvergnats, Normands et Corses qui se reconnaîtront.

Enfin, merci à ma famille, pour son soutien sans faille et pour ses incitations à révéler la part d'artiste qui est en moi.

Un dernier mot pour mon oncle Bernard, qui, peut-être, de là où il est maintenant, comprendra de quelle manière j'ai souhaité lui rendre hommage. Merci à toi pour ce que tu as toujours représenté pour moi.

Table des matières

Imprimé en Allemagne
Achevé d'imprimer en juin 2021
Dépôt légal : juin 2021

Pour

Le Lys Bleu Éditions
83, Avenue d'Italie
75013 Paris